KB056976

글벗시선 209 제10회 글벗시화전 작품집

행복의 비밀번호

글벗문학회

도서출판 글벗

아름다운 글로 행복한 세상을

제10회

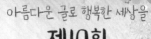
글벗시화전

2023년 글벗시화전 연중 전시

2023. 4 . 29 (토) **- 2023. 12 . 31** (일)

• **1차** : 5월 1일 ~ 6월 30일　• **2차** : 7월 1일 ~ 8월 31일
• **3차** : 9월 1일 ~ 10월 31일　• **4차** : 11월 1일 ~12월 31일

장소 | 종자와 시인 박물관 시비공원

(경기도 연천군 연천읍 현문로 433-27)

행사 내용

* 글벗문학회 회원 200명 시화 작품 회당 70작품 총 300여 작품 전시

* 제2회 한탄강 전국 백일장 (10월 14일(토) 오전 10:00~17:00)

문의 | 010-2442-1466　주최 |　제10간 글벗 글벗문학회 도서관글벗
(글벗문학회 회장 최봉희)

사랑꽃

– 시조 최봉희, 손글씨 이양희

쪼로니 피어있는 나의 꽃 나의 사랑
상그레 웃는 모습 예쁘고 아름답네
날마다 뜨거운 말글 여울지는 내 사랑

차 례

■ 서시

■ 시화 작품

쉼

강성화

치유 평온 따스함
그 무엇으로부터 무방비다

가면은 없다 발가벗은 온전함
그것으로 충분하니까

알 수 없는 미래 과거는 잊어라
내일 일은 모른다

어제보다 빛나는 지금
가장 젊은 그대의 시간

당신의 자유로운 쉼

쉼

− 시 강성화

치유 평온 따스함
그 무엇으로부터 무방비다

가면은 없다 발가벗은 온전함
그것으로 충분하니까

알 수 없는 미래 과거는 잊어라
내일 일은 모른다

어제보다 빛나는 지금
가장 젊은 그대의 시간

당신의 자유로운 쉼

꽃망울

심전 고정숙

따뜻한 남풍 불어
가지 끝 움 틔우네

봄비에 수정같은
옥구슬 매달리네

봉곳이 돋아나온
꽃망울 까꿍한다

바람이 스쳐가니
쏟아낸 눈물 방울

귀여운
미소 지으며
봄을 찾아 두리번

성급한
꽃망울 하나
윙크하며 눈 뜨네

꽃망울

- 시조 심전 고정숙

따뜻한 남풍 불어
가지 끝 움 틔우네

봉곳이 돋아나온
꽃망울 까꿍한다

귀여운
미소 지으며
봄을 찾아 두리번

봄비에 수정같은
옥구슬 매달리네

바람이 스쳐 가니
쏟아낸 눈물방울

성급한
꽃망울 하나
윙크하며 눈 뜨네

양귀비

계숙희

네 붉음은
유혹의 색깔

나는
네 빛 따라가다
뜨거운 사랑에 데이고 말았네

양귀비
– 시, 서화 계숙희

네 붉음은
유혹의 색깔

나는
네 빛 따라 가다
뜨거운 사랑에 데이고 말았네

친구

계숙희

언제든지 전화하면
반가워하는 친구는

마음이 울적할 때도
기쁜 소식을 전하고 싶을 때도
자랑질을 하고 싶을 때도
언제든지 흔쾌히 공감해 주고
나보다 더 기뻐해 주며
충분한 웃음과
격려를 해주는 그대에게서는

항상 좋은 향기가 나요
은은한 커피향기가 나요

친구

- 시, 서화 계숙희

언제든지 전화하면
반가워하는 친구는

마음이 울적할 때도
기쁜 소식을 전하고 싶을 때도
자랑질을 하고 싶을 때도
언제든지 흔쾌히 공감해 주고
나보다 더 기뻐해 주며
충분한 웃음과
격려를 해 주는 그대에게서는

항상 좋은 향기가 나요
은은한 커피향기가 나요

곧, 봄이 도착하겠습니다

국미나

마음 안에 소복하게 쌓인
슬픔 아픔 괴로움이
하얀 눈과 함께 녹아내릴 겁니다

나뭇가지엔 봄 눈이 뾰족하게
실눈을 뜨고

개울가 얼음장 밑으로 봄 물이 흐릅니다
발등으로 드리운 그림자가 짧고 짙습니다

겨울 햇살에 반짝이는 둘녘
하얀 눈 덮인 두툼한 지붕
높은 나뭇가지 위에 까치집

겨울이 깊어질수록
곧, 봄이 도착하겠습니다

끝, 봄이 도착하겠습니다
- 시 국미나

마음 안에 소복하게 쌓인
슬픔 아픔 괴로움이
하얀 눈과 함께 녹아내릴 겁니다

나뭇가지엔 봄 눈이 뾰족하게
실눈을 뜨고

개울가 얼음장 밑으로 봄 물이 흐릅니다
발등으로 드리운 그림자가 짧고 짙습니다

겨울 햇살에 반짝이는 들녘
하얀 눈 덮인 두툼한 지붕
높은 나뭇가지 위에 까치집

겨울이 깊어질수록
곧, 봄이 도착하겠습니다

동그라미 달빛

국미나

마음 울적한 날엔
동그라미 달빛 안에
보고 싶은 울 엄마 얼굴
떠오릅니다

하늘나라에서 보내주시는
따뜻한 엄마의 미소 라지요

사무치는 보고픔
깊은 그리움
나도 모르게
울컥 눈시울 붉어집니다

동그라미 달빛
- 시 국미나

마음 울적한 날엔
동그라미 달빛 안에
보고 싶은 울 엄마 얼굴
떠오릅니다

하늘나라에서 보내주시는
따뜻한 엄마의 미소 라지요

사무치는 보고픔
깊은 그리움
나도 모르게
울컥 눈시울 붉어집니다

종자처럼
시를 쓰며 권창순

정당한 온도
빛, 물이 있으면
종자는 대지 가득 시를 써
꽃과 열매를 선물한다

따스한 눈길
손길, 기다림으로
우리도 종자처럼 시를 쓰며
인생, 오순도순 살아내자

종자처럼 시를 쓰며

– 시 권창순

적당한 온도
빛, 물이 있으면
종자는 대지 가득 시를 써
꽃과 열매를 선물한다

따스한 눈길
손길, 기다림으로
우리도 종자처럼 시를 쓰며
인생, 오순도순 살아내자

가을바람

글쑴 김나경

가슴 속 깊이
그가 내게 들어온다

부드럽게
나를

쓰다듬는
그는

내게
눈 감고 하늘 향해 두 팔 벌려

숨 쉬게 하는

첫 경험처럼
설레게 하는 가을바람

가을바람
- 시 김나경

가슴 속 깊이
그가 내게 들어 온다

부드럽게
나를

쓰다듬는
그는

내게
눈 감고 하늘 향해 두 팔 벌려

숨 쉬게 하는

첫 경험처럼
설레게 하는 가을바람

붉은 꽃잎 동백

글쓴 김나경

손으로 누르면
빨간 눈물

숨이 멈출 듯
깊은 향기가 가슴에 차오르고

꽃잎을
입에 대면

비릿한 내음이
입안에 가득 퍼지고

향기에 취한 입술은
붉디붉게 물들었다

붉은 꽃잎 동백
- 시 김나경

손으로 누르면
빨간 눈물

숨이 멈출 듯
깊은 향기가 가슴에 차오르고

꽃잎을
입에 대면

비릿한 내음이
입안에 가득 퍼지고

향기에 취한 입술은
붉디붉게 물들었다

엄마가 된 딸
할머니가 된 나

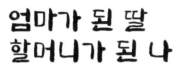

글숨 김나경

딸이 오늘
엄마로 다시 태어났다

천지가 개벽하는
고통과 함께 온 사랑스러운 아가

수많은 별이 찔러대는
고통 속의 우주
아가의 손을 놓지 않고
참아내야 하는 외롭고 힘든
처절한 그 산통은
어머니로 살아가기 위해 치른 대가

한 사람으로 태어나며
치러야 하는
너만 꼭
너만 할 수 있는
세상에 오기 위한
첫 번째 체험

세상에 온 것을 환영한다

엄마가 된 딸 할머니가 된 나

- 시 글숨 김나경

딸이 오늘
엄마로 다시 태어났다

천지가 개벽하는
고통과 함께 온 사랑스러운 아가

수많은 별들이 찔러대는
고통 속의 우주
아가의 손을 놓지 않고
참아내야 하는 외롭고 힘든
처절한 그 산통은
어머니로 살아가기 위해 치른 대가

한 사람으로 태어나며
치러야 하는
너만 꼭
너만 할 수 있는
세상에 오기 위한
첫 번째 체험

세상에 온 것을 환영한다

차차 차

김나경

계절 속에
갇혀있던 그녀

바람을 타며
앞으로 셋, 넷
뒤로 셋, 넷
앞으로 갈까, 말까
차차 차~
뒤로 셋, 넷, 갈까 말까
차차 차~

봄 선생과 춤 놀이에
흠뻑 빠져있는 그녀

차차 차

- 시 글숨 김나경

계절 속에
갇혀 있던 그녀

바람을 타며
앞으로 셋, 넷
뒤로 셋, 넷
앞으로 갈까, 말까
차차 차~
뒤로 셋, 넷, 갈까 말까
차차 차~

봄 선생과 춤 놀이에
흠뻑 빠져있는 그녀

꽃들의 눈물

김달수

사방을 들춰내는
꽃들의 반란

꿀벌조차 사라진 상생의 단절

흔들리는 꽃잎이 홀로 피고 진
그곳에 알싸한 바람이 분다

꿀벌 없는 망상에 바람이 분다
경종의 크나큰 시름이 탄다

온전한 굴레에 다시 설 수 있을까

꽃들의 눈물
- 시 김달수

사방을 들춰내는
꽃들의 반란

꿀벌조차 사라진 상생의 단절

흔들리는 꽃잎이 홀로 피고 진
그곳에 알싸한 바람이 분다

꿀벌 없는 망상에 바람이 분다
경종의 크나큰 시름이 탄다

온전한 굴레에 다시 설 수 있을까

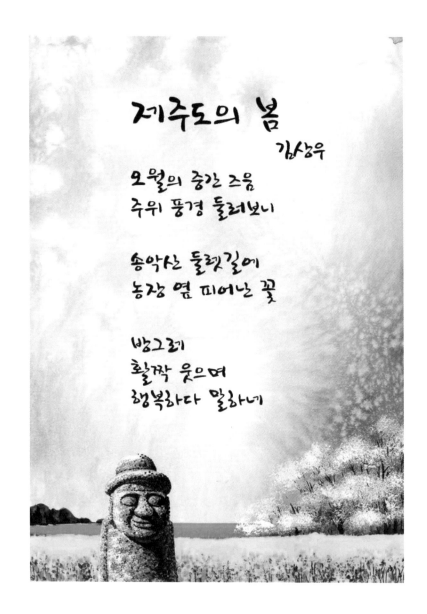

제주도의 봄

김상우

오월의 중간 즈음
주위 풍경 둘러보니

송악산 둘렛길에
농장 옆 피어난 꽃

방그레
활짝 웃으며
행복하다 말하네

제주도의 봄
- 시 김상우

오월의 중간 즈음
주위 풍경 둘러보니

송악산 둘레길에
농장 옆 피어난 꽃

방그레
활짝 웃으며
행복하다 말하네

차이

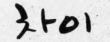

인삼 김인수

그럴 수는 뒤에는
없지
그럴 수도 뒤에는
있지

없고 있고는 딱
한 글자 차이

사람 사이도 늘
한 글자 차이

차이

- 인산 김인수

그럴 수는 뒤에는
없지
그럴 수도 뒤에는
있지

없고 있고는 딱
한 글자 차이

사람 사이도 늘
한 글자 차이

아가야

- 시 김정숙, 손글씨 박윤규

유난히 반짝이는 별 하나
영롱한 눈망울로
오묘한 힘을 간직한 아가야

폭풍우 속 고뇌도
너의 고운 눈빛으로
세상이 온통 평화로 물들고 있다

내가 열심히 살아가는 이유도
너를 지켜주기 위함이다

좋은 꿈 꾸며 마음이 깨끗하고
목표가 높은 큰 일꾼이 되세요

험난한 세상 박차고
굳세게 잘 살아다오

초롱초롱 어여쁜 아가야

꽃바람

김정현

향긋한 꽃바람 속에
여인네의 치맛자락이 휘날린다

벌 나비가
꽃잎 사이에 넘나들며
그 향기에 취한다

흰 솜사탕 하늘 높이
훨훨 날아오르고
불꽃처럼 흩어진다

잠시 여우비가 내리면
바람개비도 돌다가 잠이 든다

꽃바람

- 시 김정현

향긋한 꽃바람 속에
여인네의 치맛자락이
휘날린다

벌 나비가
꽃잎 사이에 넘나들며
그 향기에 취한다

흰 솜사탕 하늘 높이
훨훨 날아오르고
불꽃처럼 흩어진다

잠시 여우비가 내리면
바람개비도 돌다가
잠이 든다

설렘

김지희

활짝 피어있는 봄 길을
기다리니

난 네가 오는 그 길이
기다려져

가슴 콩닥콩닥
기다림에 설렌다

설렘

– 시 김지희

활짝 피어있는 봄 길을
기다리니

난 네가 오는 그 길이 기다려져

가슴 콩닥콩닥 기다림에
설렌다

가을 속으로

김지희

어스레한 달밤
풀숲에 들리는
애절한 귀뚜라미 소리
슬픈 그리움
눈물 되어 젖어 드네

가슴 속
숨어 있는 이름 하나
보름달 휘황한
밤하늘에
너의 모습 그려본다

너의 모습 뒤에 드리워진
작은 이슬방울
슬픔으로 밀려온다
언제나 그러하듯
가을날은
밀려가는 파도처럼
떨어지는 낙엽처럼
마음의 심금을 울린다

올가을도 그때처럼
가을은 슬픈 계절
여름이 가고
가을이 오면

붉게 물든 낙엽마다
그리움 수를
놓아야 했던 아픔
흐르는 강물처럼
돌아오지 않을 너
너의 그리움으로

가을 속으로

- 시 김지희

어스레한 달밤
풀숲에 들리는
애절한 귀뚜라미 소리
슬픈 그리움
눈물 되어 젖어 드네

가슴 속
숨어 있는 이름 하나
보름달 휘황한
밤하늘에
너의 모습 그려본다

너의 모습 뒤에 드리워진
작은 이슬방울
슬픔으로 밀려온다
언제나 그러하듯
가을날은
밀려가는 파도처럼
떨어지는 낙엽처럼
마음의 심금을 울린다

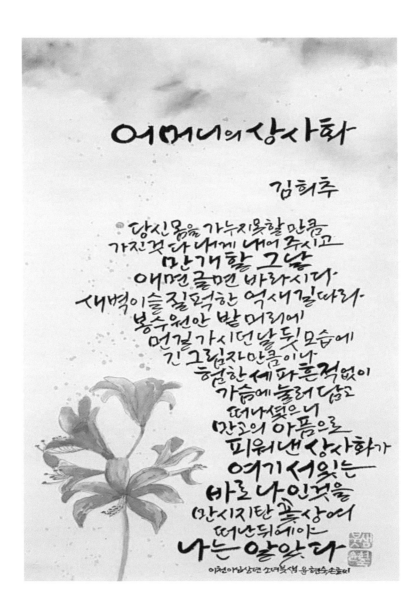

어머니의 상사화

김희주

당신 몸을 가누지 못할 만큼
가진것 다 내게 내어 주시고
만개할 그날
애면글면 바라시다
새벽이슬 질퍽한 억새길따라
봉수원안 밭 머리에
먼길 가시던날 뒷 모습에
긴 그림자만큼이나
험한 세파 흔적없이
가슴에 눌러 담고
떠나셨으니
만고의 아픔으로
피워낸 상사화가
여기 서있는
바로 나인것을
만지지 단 곳상에
떠난뒤에야
나는 알았다

이천아람상면 조여복셈 윤현숙손글이

어머니의 상사화

- 시 김희추, 손글씨 윤현숙

당신 몸을 가누지 못할 만큼
가진 것 다 내게 내어 주시고
만개할 그 날 애면글면 바라시다
새벽이슬 질퍽한 억새길 따라

봉수원안 밭머리에 먼 길 가시던 날
뒷모습에 긴 그림자만큼이나
험한 세파 흔적 없이
가슴에 눌러 담고 떠나셨으니

만고의 아픔으로 피워낸 상사화가
여기 서 있는 바로 나 인 것을
만시지탄(晚時之歎)
꽃상여 떠난 뒤에야 나는 알았다

매일(每日) 어머니를

박아현

남쪽에서 봄을 데려온 바람이
매화나무 새순에 향기를 심습니다

옷자락에 강물을 적셔 온 바람이
산과 들에 수채화를 펼칩니다

붓이 스쳐간 자리마다 매화는
오므린 입술로 발화를 알리고
꽃 이파리를 눈송이로 피어납니다

봄이 꽃망울 터트려
벙글어 갈 즈음 흰옷 입고 오신 어머니
옥양목 원피스에 양산을 받쳐 든 모습은
내 어릴 적 흑백사진 속의 봄날입니다

지금은 어디쯤 지나고 계시는지요
매화에서 어머니의 분내가 배어나오면
눈꽃이 하얗게 쏟아져 내립니다

꽃이 별로, 별이 꽃으로, 쏟아져 내린 길 위로
젊은 날의 어머니가
난분분히 계절을 밟으며 가고 있습니다

매일 어머니를
– 시 박아현

남쪽에서 봄을 데려온 바람이
매화나무 새순에 향기를 심습니다

옷자락에 강물을 적셔 온 바람이
산과 들에 수채화를 펼칩니다

붓이 스쳐 간 자리마다 매화는
오므린 입술로 발화를 알리고
꽃 이파리를 눈송이로 피어납니다

봄이 꽃망울 터트려
벙글어갈 즈음 흰옷 입고 오신 어머니
옥양목 원피스에 양산을 받쳐 든 모습은
내 어릴 적 흑백사진 속의 봄날입니다

지금은 어디쯤 지나고 계시는지요
매화에서 어머니의 분내가 배어 나오면
눈꽃이 하얗게 쏟아져 내립니다

꽃이 별로, 별이 꽃으로 쏟아져 내린 길 위로
젊은 날의 어머니가
난분분히 계절을 밟으며 가고 있습니다

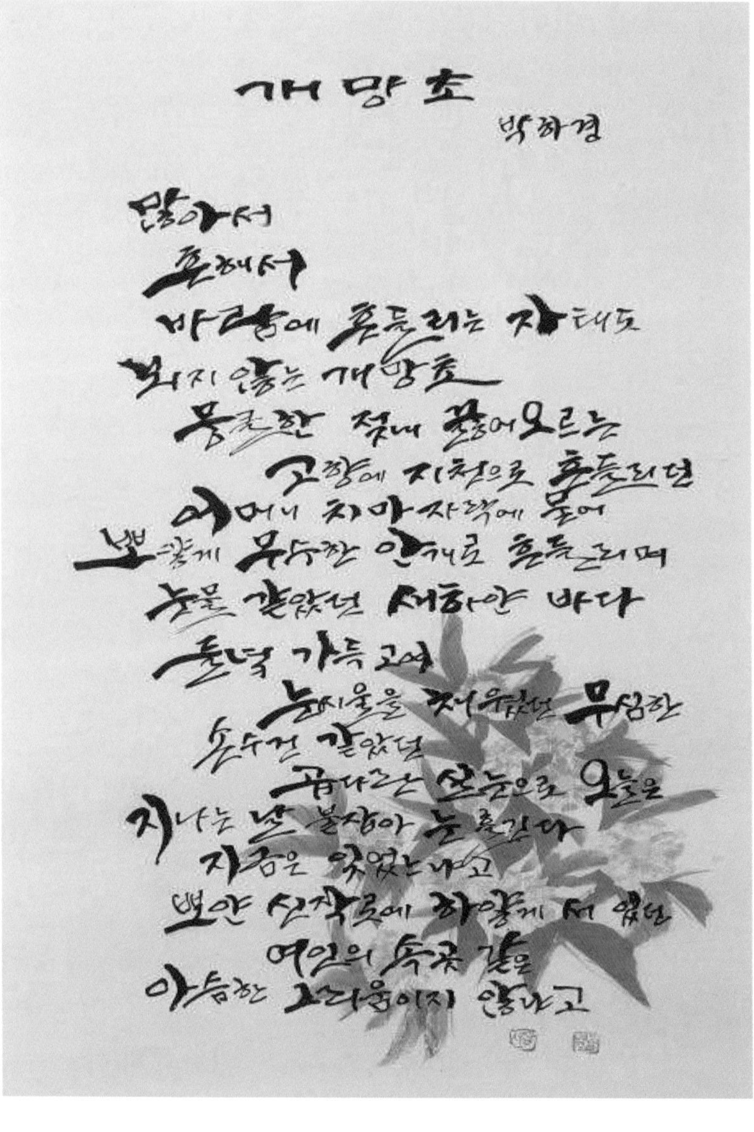
개망초
박화경
많아서
흔해서
바람에 흔들리는 자태도
뵈지 않는 개망초
몽롱한 젖내 뿜어오르는
고향에 지천으로 흔들리던
어머니 치마 자락에 묻어
노랗게 무수한 안개로 흔들리며
눈물 같았던 새하얀 바다
뜰녘 가득 고여
눈시울을 채우었던 무심한
손수건 같았던
곱다란 속눈으로 오늘을
지나는 날 불쌍아 눈 흘긴다
지금은 잊었느냐고
벌안 신작로에 하얗게 서 있던
여인의 속곳 같은
아늑한 그리움이지 않냐고

개망초

– 시 박하경, 손글씨 박도일

많아서
흔해서
바람에 흔들리는 자태도
뵈지 않는 개망초
뭉클한 젖내 끓어오르는
고향에 지천으로 흔들리던
어머니 치맛자락에 묻어
뽀얗게 무수한 안개로 흔들리며
눈물 같았던 새하얀 바다
들녘 가득 고여
눈시울을 채웠던 무심한
손수건 같았던
곱다란 실눈으로 오늘은
지나는 날 붙잡아 눈 흘긴다
지금은 있었느냐고
뽀얀 신작로에 하얗게 서 있던
여인의 속곳 같은
아슴한 그리움이지 않냐고

어머니의 마음

박하영

세상사 부귀영화
모두 다 헛되어서

말없이 엮은 사랑
살며시 펼쳐 놓고

자식들
건강하기를
두 손 모아 빈다네

어머니의 마음

- 시조 박하영

세상사 부귀영화
모두 다 헛되어서

말없이 엮은 사랑
살며시 펼쳐 놓고

자식들
건강하기를
두 손 모아 빈다네

깊은 울림

박하영

묵은 내가 죽고
새로운 내가 될 때
고통이 따른다

변화하는 삶

고통 속에는
긍정적인 힘이 있다

희망이 있다

깊은 울림
- 시 박하영

묵은 내가 죽고
새로운 내가 될 때
고통이 따른다

변화하는 삶

고통 속에는
긍정적인 힘이 있다

희망이 있다

그리운 어머니

박하영

한평생 아웅다웅
기막힌 타향살이
죽으면 차디찬 몸
한세상 허망하네
다시는 만날 수 없어
짓누르는 그리움

허전한 이내 심정
끝없는 서러움에
어머니 미안해요
어머니 사랑해요
늘 곁에 계실 것 같아
효도 한번 못했네

차가운 눈물방울
억장이 무너져요
고운 옷 사드릴걸
땅 치며 후회해요
더 많이 안아드릴걸
가슴 누른 그 참회

그리운 어머니

- 시조 박하영

한평생 아옹다옹
기막힌 타향살이
죽으면 차디찬 몸
한세상 허망하네
다시는 만날 수 없어
짓누르는 그리움

허전한 이내 심정
끝없는 서러움에
어머니 미안해요
어머니 사랑해요
늘 곁에 계실 것 같아
효도 한번 못했네

차가운 눈물방울
억장이 무너져요
고운 옷 사드릴걸
땅 치며 후회해요
더 많이 안아드릴걸
가슴 누른 그 참회

인생 서상천

저 멀리 희미하게 비춰오는 가로등 불빛
거리의 가로수
갑작스런 바람의 울음 소리에
초록이었던 나뭇잎은 변색되어
하나 둘 떨어진다

젊음은 어딜가고
낙엽되어 뒹굴고 밟히고 찢겨져 가루가 되어
먼지로 변해가는가

한때는
젊음이 있다고
뽐내고 살아왔던
초록은 어딜 갔는가

우리내 인생 초록이처럼
젊음과 희망찬 미래가 있었건만

세찬 바람이 아무리 울어대도
흔들렸다가도
다시 일어서는 오뚝이 같은 인생이었건만
어느새 가을이 왔다 지나가고
추운 겨울을 맞이해야하는가
긴 겨울이 지나고 나면
새봄이 찾아 오겠지
생명이 꿈틀거리는
초록의 세상으로
변해 가겠지
나는 이 봄을 어떻게 맞이해야 하는가

인생
– 시 서상천

저 멀리 희미하게 비춰오는 가로등 불빛
거리의 가로수
갑작스러운 바람의 울음소리에
초록이었던 나뭇잎은 변색 되어
하나둘 떨어진다

젊음은 어딜 가고
낙엽 되어 뒹굴고 밟히고 찢겨져 가루가 되어
먼지로 변해가는가

한때는
젊음이 있다고
뽐내고 살아왔던
초록은 어딜 갔는가

우리네 인생 초록이처럼
젊음과 희망찬 미래가 있었건만

세찬 바람이 아무리 울어대도
흔들렸다가도
다시 일어서는 오뚝이 같은 인생이었건만
어느새 가을이 왔다 지나가고
추운 겨울을 맞이해야 하는가
긴 겨울이 지나고 나면
새봄이 찾아오겠지
생명이 꿈틀거리는
초록의 세상으로
변해 가겠지
나는 이 봄을 어떻게 맞이해야 하는가

능금의 꿈

성 명 순

잘 익은 능금 한 알을 바라본다
그 둥근 선을 따라
가슴 속에 지펴지는 일출
또 다시 새 아침이다

잘 익은 능금 한 알을 품어본다
봄날 아침 꿀벌의 잉잉거리던 소리
나뭇가지 사이를 오가던
실비단 바람결이 감싼 생명의 축복

스물세 해 나누었을
수많은 눈짓과 손길
소중한 약속으로
능금은 익고 고운 빛을 발한다

잘 익은 능금 한 알을 네게 건넨다
아침 햇살처럼 퍼지는 향기
우리 모두의 것이기에 더욱 소중한
그 꿈을 네게 건넨다

능금의 꿈
- 시 성명순

잘 익은 능금 한 알을 바라본다
그 둥근 선을 따라
가슴 속에 지펴지는 일출
또다시 새 아침이다

잘 익은 능금 한 알을 품어본다
봄날 아침 꿀벌의 잉잉거리던 소리
나뭇가지 사이를 오가던
실비단 바람결이 감싼 생명의 축복

스물세 해 나누었을
수많은 눈짓과 손길
소중한 약속으로
능금은 익고 고운 빛을 발한다

잘 익은 능금 한 알을 네게 건넨다
아침 햇살처럼 퍼지는 향기
우리 모두의 것이기에 더욱 소중한
그 꿈을 네게 건넨다

시시하게 살자

성 명 순

시시하게 살자
문지방을 넘기조차
힘겨운 저녁이 있다
그런 저녁이 오히려 참 시시하다.
옷장 앞에서 설레던 아침의 망설임도
거울에 번지던 립스틱의 종알거림도
여름날 저녁 은빛으로 쏟아져 들어오는
쓰르라미의 울음만큼이나 시시하다
내 하루는 저 울음보다 빛이 났던가
이제 부질없는 욕심은
접을 때가 되었음을 안다
시시하게 사는 일이 가슴을 적시는 저녁
그렇게 젖은 가슴이
셀로판지처럼 빛나던 시간들보다
오히려 더 소중함을 이제는 안다
그래, 시시하게 살자

시시하게 살자

– 시 성명순

시시하게 살자
문지방을 넘기조차
힘겨운 저녁이 있다.
그런 저녁이 오히려 참 시시하다.
옷장 앞에서 설레던 아침의 망설임도
거울에 번지던 립스틱의 종알거림도
여름날 저녁 은빛으로 쏟아져 들어오는
쓰르라미의 울음만큼이나 시시하다
내 하루는 저 울음보다 빛이 났던가
이제 부질없는 욕심은
접을 때가 되었음을 안다
시시하게 사는 일이 가슴을 적시는 저녁
그렇게 젖은 가슴이
셀로판지처럼 빛나던 시간들보다
오히려 더 소중함을 이제는 안다
그래, 시시하게 살자

있을 때 잘해 후회하지 말고
혜록 성의순

목당 이병기 88세
혜록 성의순 86세
당신이 옆에 있어주셔서
정말 고맙고 행복합니다-
남편이란 존재는 아내에게
무엇을 해주는 사람이 아니라
그냥 옆에 있어주는 것
안으로도 고마운 인생의
동반자 입니다-

있을 때 잘해 후회하지 말고
- 시 성의순, 손글씨 이양희

목당 이병기 88세
혜록 성의순 86세
당신이 옆에 있어 주셔서
정말 고맙고 행복합니다
남편이란 존재는 아내에게
무엇을 해주는 사람이 아니라
그냥 옆에 있어 주는 것만으로도
고마운 인생의 동반자입니다

맏 며느리

혜욱 성미순

맏며느리는 하늘이 내려준다
집안에 큰 어려움이 생겼을때
하늘에도 묵묵히 참고 역할을 한다

종갓집 맏며느리는 접빈객, 봉제사
그리고 세일까지 집안의 대소사를
현명하게 책임을 수행해왔다

이쁨 받는 맏며느리
더욱더 효도 하겠습니다
아버님 어머님 공경합니다

욱려 돌리고 가마에 구워
현대급 달린 제기를 만들어왔다
신제품 도자기 제기로
받으시니 얼마나 기쁘실까~

맏며느리

- 시 성의순, 손글씨 이양희

맏며느리는 하늘이 내려준다
집안에 큰 어려움이 생겼을 때
힘들어도 묵묵히 참고 역할을 했다

종갓집 맏며느리는 접빈객 봉제사
그리고 세일사까지 집안의 대소사를
현명하게 책임을 수행해 왔다

이쁨받는 맏며느리
더욱더 효도하겠습니다
아버님, 어머님 공경합니다

물레 돌리고 가마에 구워
현대 굽달린 제기를 만들었다
신제품 도자기 제기로
받으시니 얼마나 기쁘실까

메리골드

- 시 성의순, 제작 백우준

메리골드는
가을꽃의 여왕
머리가 노란 너는
금잔화가 아니더냐
외모는 금송화라
그 모습 참 좋아라
깊은 향기 만수국
내 마음을 붙잡네

세상사 둥글둥글
너와 나 나눔 실천
받는 사람 즐겁고
나 역시도 즐거워라
일석 다조 메리골드
만수국 참 좋아라

꼭 오고야 말 행복
나도 찾아 나서리

건강한 몸과 맘

혜록 성의숲

사람의 몸은 생명체
정(精)은 몸뚱아리
신(神)은 정신(마음)
기(氣)가 들어오면
생명체(生命體)가 된다

마음이 가면 기운(氣運)이 모이고
기운(氣運)이 가는 곳에 혈(血)이 따라간다
기(氣)와 혈(血)가는 곳에 생명이 숨쉰다

숨을 잘 쉬는가?
밥은 제대로 먹는가?
마음은 편안한가?
강자(强者)가 살아남는가!
살아남아야 강자(强者)인가?
살아 남는자가 강자(强者)이다

건강한 몸과 맘

- 시 혜록 성의순, 손글씨 이양희

사람의 몸은 생명체
정(精)은 몸뚱아리
신(神)은 정신(마음)
기(氣)가 들어오면
생명체가(生命體)가 된다.

마음이 가면 기운(氣運)이 모이고
기운(氣運)이 가는 곳에 혈이 따라 간다.
기(氣)와 혈(血) 가는 곳에 생명이 숨쉰다.

숨을 잘 쉬는가?
밥은 제대로 먹는가?
마음은 편안한가?
강자(强者)가 살아남는가?
살아남아야 강자(强者)인가?
살아남는 자가 강자(强者)이다.

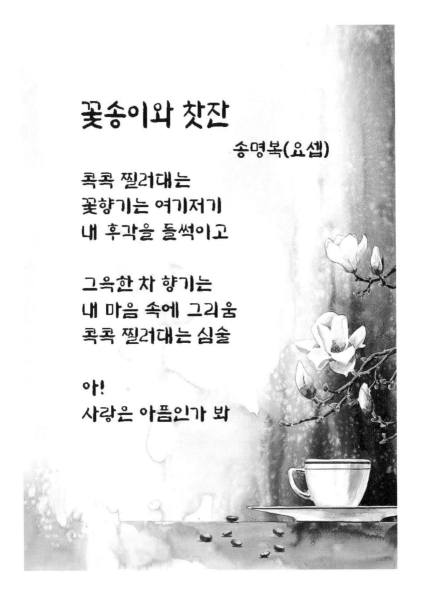

꽃송이와 찻잔

송명복(요셉)

콕콕 찔러대는
꽃향기는 여기저기
내 후각을 들썩이고

그윽한 차 향기는
내 마음 속에 그리움
콕콕 찔러대는 심술

아!
사랑은 아픔인가 봐

꽃송이와 찻잔

- 시 송명복(요셉)

콕콕 찔러대는
꽃향기는 여기저기
내 후각을 들썩이고

그윽한 차 향기는
내 마음속에 그리움
콕콕 찔러대는 심술

아!
사랑은 아픔인가 봐

안 단 테

시 송미옥
손글씨 도담 이양희

아픔 딛고 일어선
여리디 여린 연둣빛 새싹
설레던 봄

짧기만 한
어느 봄날 찰나의 시간
여름은 어느새 다가와서
나를 기다린다

나뭇가지
싱그러운 초록 이파리 위로
뜨거운 햇살 내려앉는다

새소리는
잔잔한 음악이 되고
바람타고 안단테 안단테
그대의 향기
은은하게 흐른다

안단테

- 시 송미옥, 손글씨 이양희

아픔 딛고 일어선
여리디여린 연둣빛 새싹
설레던 봄

짧기만 한
어느 봄날 찰나의 시간
여름은 어느새 다가와서
나를 기다린다

나뭇가지
싱그러운 초록 이파리 위로
뜨거운 햇살 내려앉는다

새소리는
잔잔한 음악이 되고

바람 타고 안단테 안단테
그대의 향기
은은하게 흐른다

봄이 좋아라

송미옥

부드럽고
상큼한 햇살이
침묵의 그리움을
흔들어 깨운다

나뭇가지 여린 생명
꽃 몽우리 틔우고

대자연의 숨결로
피어나는 작은 설렘
봄이 좋아라

그제의 봄이
새로운 옷을 갈아입고
머잖아
봄의 왈츠 선율이
온 누리에 울려 퍼지리

봄이 좋아라

- 시 송미옥

부드럽고
상큼한 햇살이
침묵의 그리움을
흔들어 깨운다

나뭇가지 여린 생명
꽃 몽우리 틔우고

대자연의 숨결로
피어나는 작은 설렘
봄이 좋아라

그제의 봄이
새로운 옷을 갈아입고
머잖아
봄의 왈츠 선율이
온 누리에 울려 퍼지리

초록의 꿈

윤영 송연화

바람이 숨어드는
초록꿈 사이사이
산새들 지저귀고
바람이 쉬어가네
무성한 나뭇잎들은
팔랑이며 춤추네

바람이 잠을 자는
초록숲 마디마다
햇살이 내려앉아
스미듯 조잘조잘
푸름은 무지갯빛에
찬란하게 스미네

마음은 살랑살랑
사랑의 온도 넘어
그리움 가득 담고
훨훨훨 날아가네
고운임 보고 싶어라
멀어지는 발걸음

초록의 꿈

- 시조 송연화

바람이 숨어드는
초록 꿈 사이사이
산새들 지저귀고
바람이 쉬어가네
무성한 나뭇잎들은
팔랑이며 춤추네

바람이 잠을 자는
초록 숲 마디마다
햇살이 내려앉아
스미듯 조잘조잘
푸름은 무지갯빛에
찬란하게 스미네

마음은 살랑살랑
사랑의 온도 넘어
그리움 가득 담고
훨훨 훨 날아가네
고운임 보고 싶어라
멀어지는 발걸음

내 사랑은

윤영 송연화

힘들고 지친일상
어깨를 토닥토닥

위로를 아낌없이
따스한 사랑이야

언제나 늘 그 자리에
바라보고 있구나

내 사랑 그대와 나
한평생 살고지고

살가운 온기 속에
날마다 따끈따끈

사랑의 둥지 안에서
알콩달콩 산다네

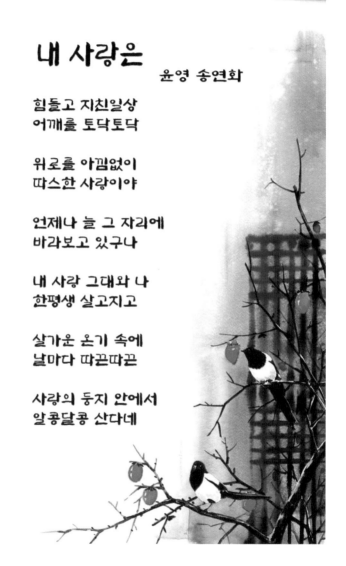

내 사랑은

- 시조 송연화

힘들고 지친 일상
어깨를 토닥토닥

위로를 아낌없이
따스한 사랑이야

언제나 늘 그 자리에
바라보고 있구나

내 사랑 그대와 나
한평생 살고지고

살가운 온기 속에
날마다 따끈따끈

사랑의 둥지 안에서
알콩달콩 산다네

파도

윤영 송연화

잔잔한 동해바다
샛바람 타고 둥둥

바위에 부딪쳐서
파도는 춤을춘다

조약돌 물타기하는
부서지는 파도여

흰 거품 알갱이들
쉼없이 밀려오고

쏴쏴쏴 바다 노래
정겨운 모습이야

또다시 힘을 얻어서
내 둥지속 찾는다

파도

- 시조 윤영 송연화

잔잔한 동해바다
샛바람 타고 둥둥

바위에 부딪혀서
파도는 춤을 춘다

조약돌 물타기 하는
부서지는 파도여

흰 거품 알갱이들
쉼 없이 밀려오고

쏴쏴쏴 바다 노래
정겨운 모습이야

또다시 힘을 얻어서
내 둥지 속 찾는다

꿈의 언저리

윤영 송연화

들녘의 초록물결
춤추듯 넘실대고
내마음 감동 물결
좋아라 콩닥콩닥
시집책 꿈의 언저리
사랑하듯 품었네

옥수수 택배 속에
단호박 박스 속에
한 권씩 정성으로
선물로 보내놓고
행여나 안 보실까봐
두근두근 내 마음

날마다 기록하듯
삶의 시 옮기면서
지치고 힘들때면
글벗과 시방에서
글쓰는 피로 회복제
그 낙으로 살았지

먼 훗날 나이들어
추억을 돌아보면
지금의 모습들을
기억해 내려는지
시집책 쌓이고 쌓여
나이 숫자 되려마

꿈의 언저리

- 시 윤영 송연화

들녘의 초록 물결
춤추듯 넘실대고
내 마음 감동 물결
좋아라 콩닥콩닥
시집 책 꿈의 언저리
사랑하듯 품었네

옥수수 택배 속에
단호박 박스 속에
한 권씩 정성으로
선물로 보내놓고
행여나 안 보실까 봐
두근두근 내 마음

날마다 기록하듯
삶의 시 옮기면서
지치고 힘들 때면
글벗과 시방에서
글 쓰는 피로회복제
그 낙으로 살았지

먼 훗날 나이 들어
추억을 돌아보면
지금의 모습들을
기억해 내려는지
시집 책 쌓이고 쌓여
나이 숫자 되려마

계산다
눈물을흘리고
내등에업히고
이제 고어머니는
어머니말씀은친구같았다
내가나이들어
어머니말씀은술광같고
내가철들었을때
어머니말씀은잔소리같았고
내가어렸을때

글신광순 을써김명엽

삽화출처'불효자'

어머니 말씀
- 시 신광순, 손글씨 려송 김영섭

내가 어렸을 때
어머니의 말씀은 잔소리 같았고

내가 젊었을 때
어머니 말씀은 등불 같았고

내가 나이 들어
어머니 말씀은 친구 같았고

이제 그 어머니는
내 등에 업히고
눈물을 흘리고 계신다

나는 싱글 깍쟁이가 됐다 생기면 연탄불을 빛에도 잡혀 겨울에도 환한 촛불을 눈물 밭을 울에나 말라 붙은 밭을 풀을 뽑으며 그 향기를 맡으며 그 향기를 낮은 곳으로 살아온다 밤의 법이다

신광순님의 '매사를 즐기면서 살면
근심을 잊는다' 중에서

매사를 즐기면서 살면

- 시 신광순, 사진 나일환 작가
- 손글씨 려송 김영섭

나는 근심 걱정이 생기면
밖에 나가 잡초를 뽑았다
한겨울에도 눈밭에 나가
마른 풀을 뽑으며 살았다
그것이 오늘날까지
살아온 방법이다
- 신광순 저서 『불효자의 반성문』 중
"매사를 즐기면서 살면 근심을 잊는다"

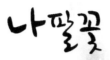

나팔꽃

산여울 신순희

영혼의 깊은 소리
냉엄한 표정관리

피었다 오므리고
깨었다 잠이 드니

일상의 콧노래 소리
줄기 따라 하룻길

나팔꽃

- 산여울 신순희

영혼의 깊은 소리
냉엄한 표정 관리

피었다 오므리고
깨었다 잠이 드니

일상의 콧노래 소리
줄기 따라 하룻길

쉴만한 물가

산여울 신순희

일상의 삶의 고뇌
생기를 찾아 줄 이

마르지 않는 물길
그 강가 누워보니

구겨진 마음의 안정
물소리에 펴지네

쉴만한 물가

- 산여울 신순희

일상의 삶의 고뇌
생기를 찾아 줄 이

마르지 않는 물길
그 강가 누워보니

구겨진 마음의 안정
물소리에 펴지네

봄인 척

신희목

봄이 온건가
푸릇한 향기가
슬며시 묻어난다

늦은 겨울밤
초록 향 뿌리고
봄 노래 들려오네

흠흠 아직은
불안한 눈빛으로
바로 그대가 봄이다

봄인 척
- 시 신희목

봄이 온 건가
푸릇한 향기가
슬며시 묻어난다

늦은 겨울밤
초록 향 뿌리고
봄노래 들려오네

흠흠 아직은
불안한 눈빛으로
바로 그대가 봄이다

봄에

신희목

봄이
봄날이 온댔어

저 산을 넘고
너른 들판을 가로 질러
밀물처럼 오는가 했었지

잠깐 졸고나니
메말랐던 나뭇가지에
고운 봄이 웃고 있잖아

그대도 오겠지
이 봄에

봄에

— 시 신희목

봄이
봄날이 온댔어

저 산을 넘고
너른 들판을 가로질러
밀물처럼 오는가 했었지

잠깐 졸고나니
메말랐던 나뭇가지에
고운 봄이 웃고 있잖아

그대도 오겠지
이 봄에

사랑차

작사 윤소영
작곡 강희
손글씨 도담 이양희

정 한스푼 사랑 두 스푼
찻잔에 담아 저으니
그리움이 진한 향기로 다가오네
찻잔 속에 담긴 사랑
그 향기에 취해 눈시울 적시네
흐린 기억 속에 다가온 아픔은
아름다운 사랑으로 남아
추억의 책장을 넘긴다
추억의 책장을 넘긴다
가슴 깊이 전해오는 사랑 이야기는
살며시 다가와 속삭이네요
아직도 한페이지가 남았다고

사랑차

- 작사 윤소영, 작곡 강 희, 손글씨 이양희

정 한 스푼 사랑 두 스푼
찻잔에 담아 저으니
그리움이 진한 향기로 다가오네
찻잔 속에 담긴 사랑
그 향기에 취해 눈시울 적시네
흐린 기억 속에 다가온 아픔은
아름다운 사랑으로 남아
추억의 책장을 넘긴다
추억의 책장을 넘긴다
가슴 깊이 전해 오는 사랑 이야기는
살며시 다가와 속삭이네요
아직도 한 페이지가 남았다고

함박 웃음

글꽃 윤소영

나는 너 부르는데
아무런 대답없네
구슬픈 메아리 속
들려오는 그 목소리
바람결,
너울빛 따라
띄워 보낸 그 사랑

그대는 나의 사랑
마음속 살아가요
앞에서 웃음으로
뒤에는 그리움 뿐
언제나
함박웃음꽃
나의 사랑 꿈꾸네

함박웃음

- 시조 윤소영, 손글씨 이양희

나는 너 부르는데
아무런 대답 없네
구슬픈 메아리 속
들려 온 그 목소리
바람결
너울 빛 따라
띄워 보낸 그 사랑

그대는 나의 사랑
마음속 살아가요
앞에서 웃음으로
뒤에는 그리움뿐
언제나
함박 웃음꽃
나의 사랑 꿈꾸네

제주에 뜨는달

시조 글꽃 윤소영
손글씨 도담 이양희

제주를 아시나요
내 안에 머문 그대

수줍은 마음 파워
파르르 떨리는 입술

고8향을 일깨우는
풋풋한 설렘은

사랑이 일어가는
아름다운 희망으로

제주에 뜨는 달
- 시조 윤소영, 손글씨 이양희

제주를 아시나요
내 안에 머문 그대

수줍은 미소 피워
파르르 떨리는 입술

고요함을 일깨우는
풋풋한 설렘은

사랑이 익어가는
아름다운 희망으로

메리골드

윤소영

푸른빛 쪽빛 하늘
오색별 영롱한 별
눌러쓴 황금 모자
겹겹이 꽃잎 사이
아롱이
빛나는 희망
사랑 노래 부르네

피아노 선율 따라
통통 뛰는 멜로디
사랑의 노랫소리
꽃잎은 살랑살랑
옥구슬
또르르 굴러
꽃향기에 젖었네

메리골드

- 시조 윤소영

푸른빛 쪽빛 하늘
오색별 영롱한 별
눌러쓴 황금 모자
겹겹이 꽃잎 사이
아롱이
빛나는 희망
사랑 노래 부르네

피아노 선율 따라
통통 뛰는 멜로디
사랑의 노랫소리
꽃잎은 살랑살랑
옥구슬
또르르 굴러
꽃향기에 젖었네

백수의 변
- 시서화 소녀붓샘 윤현숙

마음과 다르게 여기저기
삐걱댄다

하루 놀고 하루 쉬는
나보고 어쩌라고

월요일 그게 뭐 힘들다고
할 수 있을 때 잘해야지

나목 앞에서

윤홍근

나목 앞에서
연초록을 보았다

나목 앞에서
단풍도 보았다

나목 앞에서
삶의 주름살도 보았다

나목 앞에서
목
앞
에
서
나를 보았네

나목 앞에서

\- 시 智舞 윤홍근

나목 앞에서
연초록을 보았다

나목 앞에서
단풍도 보았다

나목 앞에서
삶의 주름살도 보았다

나목 앞에서
목
앞
에
서
나를 보았네

2월의 홍매화

智舞 윤홍근

겨울 옷자락 헤치고
봄의 언덕길을 가로질러
새색시 뺨보다 붉게 웃는다

달빛 아래에서도 향기 가득한 너
잿빛 하늘 아래서도 분홍 눈썹
파르르 떨며 봄을 부르고 있다

아직도 바람이 찬데
그대는
꽃피는 춘삼월까지의 기다림이
지루하였나 보다

그것도 아니면
눈물 나게 보고 싶은 임이라도
있었나 보다

그대 분홍 꽃망울에 맺혀진
방울들은 기다림의 눈물인가
임 그리워하는 눈물의 하소연인가

2월의 홍매화

— 시 智舞 윤홍근

겨울 옷자락 헤치고
봄의 언덕길을 가로질러
새색시 뺨보다 붉게 웃는다

달빛 아래에서도 향기 가득한 너
잿빛 하늘 아래서도 분홍 눈썹
파르르 떨며 봄을 부르고 있다

아직도 바람이 찬데
그대는
꽃피는 춘삼월까지의 기다림이
지루하였나 보다

그것도 아니면
눈물 나게 보고 싶은 임이라도
있었나 보다

그대 분홍 꽃망울에 맺혀진
방울들은 기다림의 눈물인가
임 그리워하는 눈물의 하소연인가

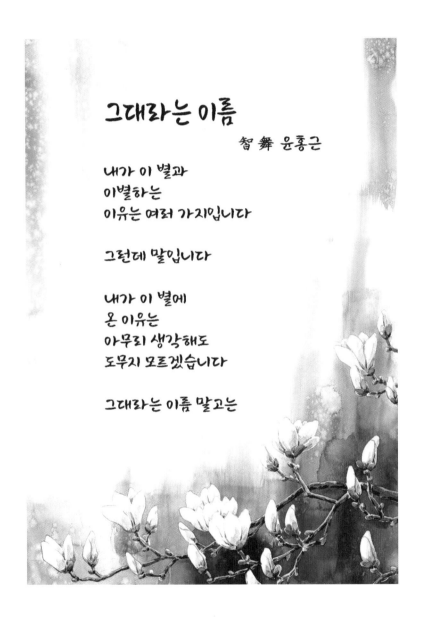

그대라는 이름

智舞 윤홍근

내가 이 별과
이별하는
이유는 여러 가지입니다

그런데 말입니다

내가 이 별에
온 이유는
아무리 생각해도
도무지 모르겠습니다

그대라는 이름 말고는

그대라는 이름

- 시 智舞 윤홍근

내가 이 별과
이별하는
이유는 여러 가지입니다

그런데 말입니다

내가 이 별에
온 이유는
아무리 생각해도
도무지 모르겠습니다

그대라는 이름 말고는

절제(節制)

혜천 이경숙

힘든 삶 세상살이
꼴불견 상처주니

바른 말 보기 싫다
일일이 참견 말라

결론은
스트레스로
큰 병 생겨나지요

조용히 사색하며
살포시 관조의 삶

다치지 않는 위로
살며시 살펴보라

그러면
너와 나의 삶
아름다움 아닐까?

절제(節制)

- 시조 혜천 이경숙

힘든 삶 세상살이
꼴불견 상처 주니

바른말 보기 싫다
일일이 참견 말라

결론은
스트레스로
큰 병 생겨나지요

조용히 사색하며
살포시 관조의 삶

다치지 않는 위로
살며시 살펴보라

그러면
너와 나의 삶
아름다움 아닐까?

천사의 기도

이규복

사랑이신 하나님!

아름다운 지구에서

사랑을 실천하는

천사로
살아가게
하여 주시옵소서

천사의 기도
- 시 이규복

사랑이신 하나님!

아름다운 지구에서

사랑을 실천하는

천사로
살아가게
하여 주시옵소서

남이섬 연가

玉蟾 이기주

옹골진 햇살 들이
촘촘히 박혀 있는
남이섬 강물 위에
일렁인 연두 바람
빛 부신 허공을 쪼아
봄에 힘줄 세우네

바람의 춤사위에
세월을 빗질하고
퇴적한 아리움도
맥없이 허물고는
소롯이 내려선 여정
추억 베고 누울까

세월에 언짢음도
말갛게 씻어내어
미련에 애탄 심사
강 품고 시짓는 섬
애련한 마음 달래며
연민의 강 건넌다

남이섬 연가

- 시조 玉蟾 이기주

옹골진 햇살 들이
촘촘히 박혀 있는
남이섬 강물 위에
일렁인 연두 바람
빛 부신 허공을 쪼아
봄에 힘줄 세우네

바람의 춤사위에
세월을 빗질하고
퇴적한 아리움도
맥없이 허물고는
소롯이 내려선 여정
추억 베고 누울까

세월에 언짢음도
말갛게 씻어내어
미련에 애탄 심사
강 품고 시 짓는 섬
애련한 마음 달래며
연민의 강 건넌다

조팝꽃

玉蟾 이기주

누리길 양지 녘에
봄바람 채근하니
조팝꽃 하얗게 펴
향기를 뿜어내며
솟구친 봄의 서곡이
잔잔하게 퍼지네

힘차게 내어젖는
계절의 지휘봉에
가슴을 두드리는
대지의 합창소리
하르르 꽃술의 향기
조팝꽃에 얹히네

햇살의 신혈 받아
봄볕이 완연하니
내 님은 꽃이련가
그윽한 눈빛 주며
조팝꽃 하얀 그리움
구름처럼 퍼지네

조팝꽃

- 시조 玉蟾 이기주

누리길 양지 녘에
봄바람 채근하니
조팝꽃 하얗게 펴
향기를 뿜어내며
솟구친 봄의 서곡이
잔잔하게 퍼지네

힘차게 내어 젖는
계절의 지휘봉에
가슴을 두드리는
대지의 합창 소리
하르르 꽃술의 향기
조팝꽃에 얹히네

햇살의 신혈 받아
봄볕이 완연하니
내 님은 꽃이런가
그윽한 눈빛 주며
조팝꽃 하얀 그리움
구름처럼 퍼지네

동백 애가

玉蟾 이기주

빨갛게 젖은 꽃잎
샛노란 꽃술 안고
그리움 토해내며
잠들지 못해노니
밤 자락 휘돌아가는
바람 등에 엎힌다

행여나 만나질까
몽매간 그리운 임
허구한 세월속에
그리도 무정터냐
갯바람 휘어가는 밤
눈물 지도 그리네

동백 애가

- 시조 玉蟾 이기주

빨갛게 젖은 꽃잎
샛노란 꽃술 안고
그리움 토해내며
잠들지 못하노니
밤 자락 휘돌아가는
바람 등에 업힌다

행여나 만나질까
몽매간 그리운 임
허구한 세월 속에
그리도 무정터냐
갯바람 휘어가는 밤
눈물 지도 그리네

두물머리

이남섭

둘이 만나 하나가 된다는 것은
얼마나 숭고한 일인가
그럼에도
큰 강과 큰 강이 만나 하나가 되는
이 거대한 물결이
어찌 이다지도 잔잔하고 애잔한가
어마어마한 일들이
이처럼 조용히 이루어지기도 한다

두물머리

– 시 이남섭

둘이 만나 하나가 된다는 것은
얼마나 숭고한 일인가
그럼에도
큰 강과 큰 강이 만나 하나가 되는
이 거대한 물결이
어찌 이다지도 잔잔하고 애잔한가
어마어마한 일들이
이처럼 조용히 이루어지기도 한다

당신이 나보다
오래 살아야 하는 이유

이남섭

해마다 한 번씩 휴대폰에 깔아야 하는
공인인증서는 어떻게 하는 것인지
아파트 관리비는 어떻게 이체하는지
병원 다녀온 후 실손보험은
어디로 청구하는 것인지
세탁기에 표백제는 언제 넣는지
대출 이자는 언제 얼마가 빠져나가는지

당신이 나보다 오래 살아야 하는 이유
- 시 이남섭

해마다 한 번씩 휴대폰에 깔아야 하는
공인인증서는 어떻게 하는 것인지
아파트 관리비는 어떻게 이체하는지
병원 다녀온 후 실손보험은
어디로 청구하는 것인지
세탁기에 표백제는 언제 넣는지
대출 이자는 언제 얼마가 빠져나가는지

그냥이라는 말

광휘 이도영

나 언제 부턴가
그냥 당신이 좋아졌어
당신이 잘 생겨서가 아니고
그냥 끌리는 거 있지
지남철처럼

그걸 보면
무언가 통하는 게
있는가 보네
지남철은
나무에 안 붙으니까

그래 뭐
잠시 왔다가는
봄날 같은 인생이지만
봄날은 가도
기억의 저편에 매화꽃
가슴에 담고

언제나
그 향기로 사는 거야
그냥 멀리 있어도
당신의 향기는 날아오네
자연의 섭리처럼 그냥!

그냥이라는 말
– 시 이도영

나 언제부턴가
그냥 당신이 좋아졌어
당신이 잘 생겨서가 아니고
그냥 끌리는 거 있지
지남철처럼

그걸 보면
무언가 통하는 게
있는가 보네
지남철은
나무에 안 붙으니까

그래 뭐
잠시 왔다가는
봄날 같은 인생이지만
봄날은 가도
기억의 저편에 매화꽃
가슴에 담고

언제나
그 향기로 사는 거야
그냥 멀리 있어도
당신의 향기는 날아오네
자연의 섭리처럼 그냥!

글빛으로
글빛 이영주

어쩌다 시인 되어
행복을 안다미로

머릿속 예쁜 단어
입꼬리 올라가네

참 동행
꿈꾸는 세상
가슴 벅찬 하룻길

사랑의 나눔 인사
공감 글 선물 가득

작은 것 하나하나
큰 행복 나눔하네

따뜻한
글빛을 비춰
너에게로 가는 길

글빛으로

- 시조 글빛 이명주

어쩌다 시인 되어
행복은 안다미로

머릿속 예쁜 단어
입꼬리 올라가네

참 동행
꿈꾸는 세상
가슴 벅찬 하룻길

사랑의 나눔 인사
공감 글 선물 가득

작은 것 하나하나
큰 행복 나눔하네

따뜻한
글빛을 비춰
너에게로 가는 길

나비바늘꽃(가우라)

이명주

호숫가 작은 정원
나비떼 내려앉아
가녀린 줄기끝에
화려한 날개 펴다
바람결
춤추는 사랑
떠나간 임 찾는다

발자국 소리 따라
포르르 날아올라
요염한 몸짓으로
춤추는 하얀 나비
떠난 임
기다리는 정
호숫가에 앉는다

나비바늘꽃(가우라)

\- 시조 이명주

호숫가 작은 정원
나비 떼 내려앉아
가녀린 줄기 끝에
화려한 날개 펴다
바람결
춤추는 사랑
떠나간 임 찾는다

발자국 소리 따라
포르르 날아올라
요염한 몸짓으로
춤추는 하얀 나비
떠난 임
기다리는 정
호숫가에 앉는다

꽃피는 아침

이명주

접시꽃 봉숭아꽃
알록달록 곱게 피면
계절 따라 꽃을 심던
울 엄마 그리워라
지금도
저 하늘에서
꽃을 보고 계실까

당신의 손길 머문
정겨운 그 장독대
키 작은 채송화꽃
환하게 웃고 있네
한없는
그리움으로
울컥하는 이 아침

꽃 피는 아침
- 시조 이명주

접시꽃 봉숭아꽃
알록달록 곱게 피면
계절 따라 꽃을 심던
울 엄마 그리워라
지금도
저 하늘에서
꽃을 보고 계실까

당신의 손길 머문
정겨운 그 장독대
키 작은 채송화꽃
환하게 웃고 있네
한없는
그리움으로
울컥하는 이 아침

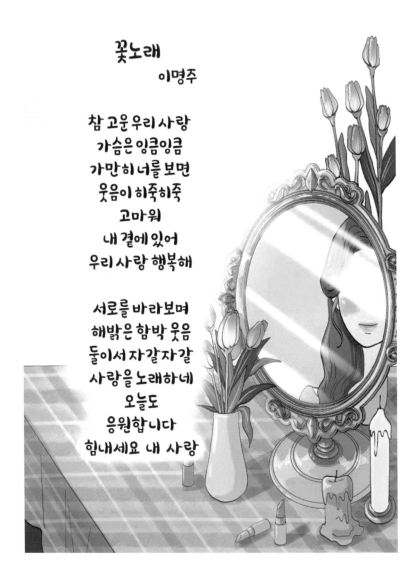

꽃노래

이명주

참 고운 우리 사랑
가슴은 잉큼잉큼
가만히 너를 보면
웃음이 히죽히죽
고마워
내 곁에 있어
우리 사랑 행복해

서로를 바라보며
해밝은 함박 웃음
둘이서 자갈자갈
사랑을 노래하네
오늘도
응원합니다
힘내세요 내 사랑

꽃노래
- 시조 이명주, 포토그래피 채은지

참 고운 우리 사랑
가슴은 잉큼잉큼
가만히 너를 보면
웃음이 히죽히죽
고마워
내 곁에 있어
우리 사랑 행복해

서로를 바라보며
해밝은 함박웃음
둘이서 자갈자갈
사랑을 노래하네
오늘도
응원합니다
힘내세요 내 사랑

작달비

이명주

하늘엔 먹장구름
가득히 내려앉고
그리움 쏟아질듯
물안개 피어올라
빗방울
또르르 굴러
내 안에서 머무네

메마른 가뭄 끝에
자드락비 쏟아지고
목말라 애태우던
산과 들 잠 깨우네
퍼붓는
푸른 오란비
그리움을 토한다

작달비
- 시조 이명주, 포토그라피 채은지

하늘엔 먹장구름
가득히 내려앉고
그리움 쏟아질 듯
물안개 피어올라
빗방울
또르르 굴러
내 안에서 머무네

메마른 가뭄 끝에
자드락비 쏟아지고
목말라 애태우던
산과 들 잠 깨우네
퍼붓는
푸른 오란비
그리움을 토한다

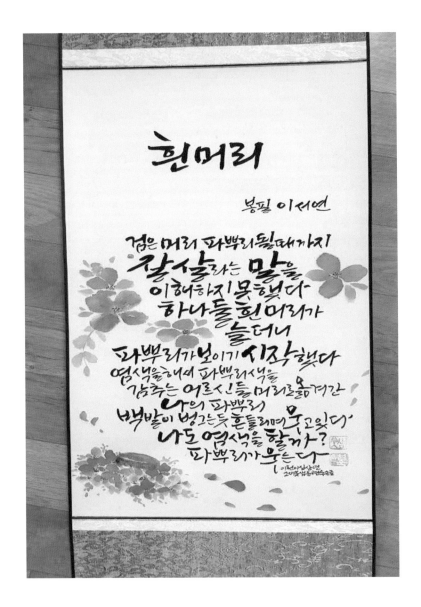

흰머리

- 시 이서연, 손글씨 윤현숙

검은 머리
파 뿌리 될 때까지
잘 살라는 말을
이해하지 못했다

하나둘 흰머리가 늘더니
파 뿌리가 보이기 시작한다

염색을 해서
파 뿌리 색을 감추는
어르신들

머리로 옮겨간 나의 파 뿌리
백발이 벙그는 듯
흔들리며 웃고 있다

나도 염색을 할까?
파 뿌리가 웃는다

꽃 송편

봉필 이서연

보름달을 그려보며
분홍색 연두색 반죽하여
송편 솜씨 뽐내시던
어머니

복숭아와 조개
반달과
코스모스꽃 모양 만들어
쪄 내셨던 어머니

아끼면서도 풍성했던
어머니 손길이

자꾸만 눈앞에 어른거리는
한가위

어머니는
올 추석에도 다녀가실까

꽃 송편
- 시 이서연

보름달을 그려보며
분홍색 연두색 반죽하여
송편 솜씨 뽐내시던
어머니

복숭아와
조개
반달과
코스모스꽃 모양 만들어
쪄내셨던 어머니

아끼면서도 풍성했던
어머니 손길이

자꾸만 눈앞에 어른거리는
한가위

어머니는
올 추석에도 다녀가실까

군인

봉필 이서연

전철 옆 자리에 얼룩무늬 제복의
건장한 군인이 내 어깨에 고개를 묻는다
힐끗 보니 휴가 중 외출했다 집으로 가나보다

내 어깨에 기댄 병장 계급장이 무거워진 듯
자세를 바로 하더니 다시 쓰러진다
그의 머리가 얹혀있는 어깨를 빼면 그는 쓰러지겠다

나라를 지키는 일이 무거웠나 보다
내 어깨가 자꾸만 기운다
군인간 아들이 내 앞에서 어른댄다

군인

– 시 이서연

전철 옆자리에 얼룩무늬 제복의
건장한 군인이 내 어깨에 고개를 묻는다
힐끗 보니 휴가 중 외출했다 집으로 가나 보다

내 어깨에 기댄 병장 계급장이 무거워진 듯
자세를 바로 하더니 다시 쓰러진다
그의 머리가 얹혀있는 어깨를 빼면 그는 쓰러지겠다

나라를 지키는 일이 무거웠나 보다
내 어깨가 자꾸만 기운다
군인 간 아들이 내 앞에서 어른댄다

하이힐

봉필 이서연

신발장 구석에
낡아가는 하이힐

작은 키 높여 큰키 만들어주던
따각 따각
지금도 들릴 것 같은
맵시나는 까망 하이힐

옷 맵시 높여주고
우쭐하게 하던 굽 높은 하이힐

낡아가는 무릎
눈으로만 본다

누가 신어 줄건가
주인 잃은 하이힐

하이힐

- 시 봉필 이서연

신발장 구석에
낡아가는 하이힐

작은 키 높여 큰 키 만들어 주던
따각따각
지금도 들릴 것 같은
맵시 나는 까망 하이힐

옷맵시 높여주고
우쭐하게 하던 굽 높은 하이힐

낡아가는 무릎
눈으로만 본다

누가 신어 줄건가
주인 잃은 하이힐

촛불

- 시 이서연, 손글씨 박윤규

내 몸을 살라 밝히렵니다
타들어 가는 한 몸으로
조용히 불 밝히렵니다

어두운 곳마다 내 몸 태워
세상을 환하게
불 밝히렵니다

아무리
바람 불어 흔들려도
내 작은 몸 태워
불 밝히렵니다

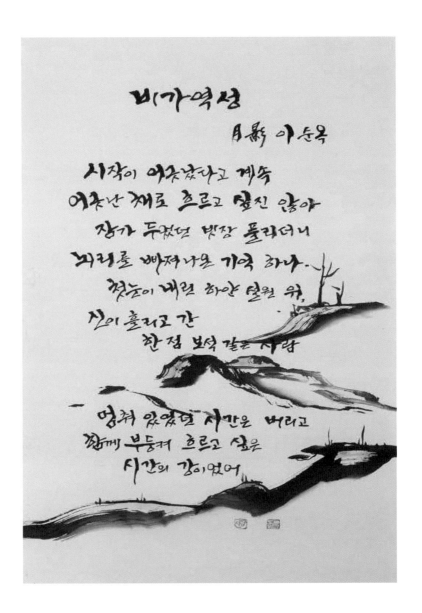

비가역성

月影 이순옥

시작이 어긋났다고 계속
어긋난 채로 흐르고 싶진 않아
잠가 두었던 빗장 풀려더니
뇌리를 빠져나온 기억 하나.
첫눈이 내린 하얀 설원 위,
신이 흘리고 간
        한 점 보석 같은 사랑

멈춰 있었던 시간은 버리고
함께 부둥켜 흐르고 싶은
시간의 강이었어

비가역성
– 시 이순옥

시작이 어긋났다고 계속
어긋난 채로 흐르고 싶진 않아
잠가 두었던 빗장 풀리더니
뇌리를 빠져나온 기억 하나
첫눈이 내린 하얀 설원 위
신이 흘리고 간
한 점 보석 같은 사람

멈춰있었던 시간은 버리고
함께 부둥켜 흐르고 싶은
시간의 강이었어

민들레의 이름으로

시조 月影 이 순옥
손글씨 도담 이 양희

가장 낮은 모습으로
입 맞추며
마지막 향을 모아
한 몸 깃대를 세우고
행여나 하는 그리움은
노란 등불로 켠다

갈증 같은 사랑
아직 끝나지 않은 노래
다시
희망 하나 들고
네게로 가는 길
설렘을 바람에 실어
긴 여행을 떠난다

— 2011년 지하철 시민 창작시
공모전 선정작

민들레의 이름으로
- 시조 이순옥, 손글씨 이양희

가장 낮은 모습으로
입 맞추며
마지막 힘을 모아
한 올 깃대를 세우고
행여나 하는 그리움은
노란 등불로 켠다.

갈증 같은 사랑
아직 끝나지 않은 노래
다시
희망 하나 들고
네게로 가는 길
설렘은 바람에 실어
긴 여행을 떠난다.

- 2011년 지하철 시민 창작 시 공모전 선정작

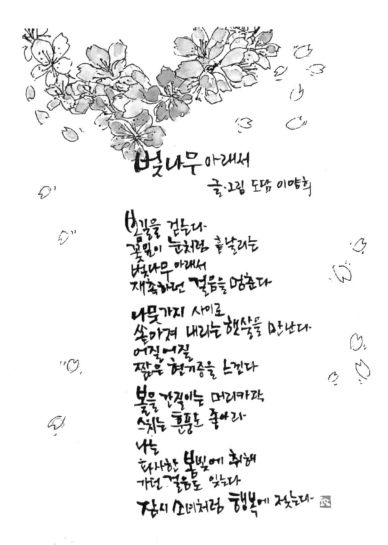

벚나무 아래서

글·그림 도담 이영희

한길을 걷는다
꽃잎이 눈처럼 흩날리는
벚나무 아래서
재촉하던 걸음을 멈춘다

나뭇가지 사이로
쏟아져 내리는 햇살을 만난다
어질어질
짧은 현기증을 느낀다

볼을 간질이는 머리카락
스치는 훈풍도 좋아라

나는
화사한 봄빛에 취해
가던 걸음도 잊는다
잠시 소녀처럼 행복에 젖는다

벚나무 아래서

- 시와 손글씨 도담 이양희

봄길을 걷는다
꽃잎이 눈처럼 흩날리는
벚나무 아래서
재촉하던 걸음을 멈춘다

나뭇가지 사이로
쏟아져 내리는 햇살을 만난다
어질어질
짧은 현기증을 느낀다

볼을 간질이는 머리카락
스치는 훈풍도 기분 좋아라
나는
화사한 봄빛에 취해
가던 걸음도 잊는다
잠시 소녀처럼 행복에 젖는다

새벽강

이연홍

꽃이 피어오른다
인기척 없는 새벽 거리

파로호 강줄기 흐르고 흘러
여기까지 온 한반도 섬

어둡던 밤을 돌고 돌아
적막함 가운데 여명이 떠오르는
물의 정원

새롭게 시작하는 오늘
호수길에 꽃이 피어오른다

새벽강

- 시 이연홍

꽃이 피어오른다
인기척 없는 새벽 거리

파로호 강줄기 흐르고 흘러
여기까지 온 한반도 섬

어둡던 밤을 돌고 돌아
적막함 가운데 여명이 떠오르는
물의 정원

새롭게 시작하는 오늘
호숫길에 꽃이 피어오른다

아버지의 자리

이연홍

아버지의 얇은 작업복이
단단한 갑옷 같다
어쩌면 당신 삶의 상처들을
꽁꽁 묶어놓은 건 아닐까
가슴이 시려온다
깊게 팬 주름 안에
삶의 굴곡들이 내려앉아
아버지의 생을 말해준다
혹독한 유년 시절 아픈 기억들이
아버지를 주눅 들게 했을지도
모른다는 생각에 마음이 아프다
아내와 당신의 분신인 오 남매가
곁에 있어도 때론 이방인처럼
혼자 외롭지나 않으셨을까
아버지의 자리에 앉아
아버지가 되어본다

아버지의 자리

- 시 이연홍

아버지의 얇은 작업복이
단단한 갑옷 같다
어쩌면 당신 삶의 상처들을
꽁꽁 묶어놓은 건 아릴까
가슴이 시려온다
깊게 팬 주름 안에
삶의 굴곡들이 내려앉아
아버지의 생을 말해준다
혹독한 유년 시절 아픈 기억들이
아버지를 주눅 들게 했을지도
모른다는 생각에 마음이 아프다
아내와 당신의 분신인 오 남매가
곁에 있어도 때론 이방인처럼
혼자 외롭지나 않으셨을까
아버지의 자리에 앉아
아버지가 되어 본다

미생물

정선당 이정선

삶의 시간이 물오른 즈음
겁없이 자만의 굴레. 속에
갈길 잃어 헤맨다

분노한 하늘
벼락 치며 전신을 발가벗겨
벼랑 끝으로 내 던져 놓았다.

얼마나 지났을까
흩어진 삶의 조각
퍼즐 조각 맞추듯
주섬주섬 모으며
내안의 숨겨진
진아眞我찾아
기도 하는 순간
신神은 깊숙이 찾아와
체내 둥지를 틀며 속삭인다.

덤으로 사는 시간
미생물 살라는 경고장
솟구쳐 올라오는 깊은 울림
심장 한복판 팍 꽂힌다.

미생물

- 시 이정선

삶의 시간이 물오른 즈음
겁 없이 자만의 굴레 속에
갈길 잃어 헤맨다

분노한 하늘
벼락 치며 전신을 발가벗겨
벼랑 끝으로 내 던져 놓았다.

얼마나 지났을까
흩어진 삶의 조각
퍼즐 조각 맞추듯
주섬주섬 모으며
내 안의 숨겨진
진아眞我찾아
기도하는 순간
신神은 깊숙이 찾아와
체내 둥지를 틀며 속삭인다.

덤으로 사는 시간
미생물 살라는 경고장
솟구쳐 올라오는 깊은 울림
심장 한복판 팍 꽂힌다.

꽃사슴

이지아

사방이 산으로 둘러싸인
황금빛 노을에 물드는
넓은 언덕에

예쁘고 귀엽고
사랑스러운
길 잃은 애기 꽃사슴 한 마리

어미를 찾아
여기 저기 떠돌다 슬퍼
큰 두 눈에 이슬이 맺혀있고

슬픔도 잠시 잊은 채
넓고도 푸른 초원이
자기 집인 듯

여기저기 뛰어노는
예쁜 모습
사랑스러움 가슴에 남았네

설레는
마음영원히 잊지 못할 추억
행복으로 흐르네

꽃사슴
– 시 이지아

사방이 산으로 둘러싸인
황금빛 노을에 물드는
넓은 언덕에

예쁘고 귀엽고
사랑스러운
길 잃은 애기 꽃사슴 한 마리

어미를 찾아
여기저기 떠돌다 슬퍼
큰 두 눈에 이슬이 맺혀 있고

슬픔도 잠시 잊은 채
넓고도 푸른 초원이
자기 집인 듯

여기저기 뛰어노는
예쁜 모습
사랑스러움 가슴에 남았네

설레는 마음
영원히 잊지 못할 추억
행복으로 흐르네

그대는 바람이었나

태안 임석순

땅거미가 질 무렵
하늬바람이 홀연히 찾아와
살며시 내 곁으로 스칠 때

혼자만의 시간인 줄
오롯이 나만의 공간인 줄
우주인 나를 위한 세상인 줄

어디서 날아왔는지
귓가에 슬며시 스쳐 가고
어디로 가는지 사라진다

떠나간 그대를 보지도 못했는데
떠나가는 그대를
만져보지도 못했는데
떠난 후에
저 건너
나뭇잎이 흔들리는 모습에....

땅거미 내리고 모두를 잠재울 때
홀연히 사라진 그대를 그리워하며
또다시
내 곁을 스쳐 올 때 느끼고 싶다

그대는 바람이었나
- 시 임석순

땅거미가 질 무렵
하늬바람이 홀연히 찾아와
살며시 내 곁으로 스칠 때

혼자만의 시간인 줄
오롯이 나만의 공간인 줄
우주인 나를 위한 세상인 줄

어디서 날아왔는지
귓가에 슬며시 스쳐 가고
어디로 가는지 사라진다

떠나간 그대를 보지도 못했는데
떠나가는 그대를
만져보지도 못했는데
떠난 후에
저 건너
나뭇잎이 흔들리는 모습에….

땅거미 내리고 모두를 잠재울 때
홀연히 사라진 그대를 그리워하며
또다시
내 곁을 스쳐 올 때 느끼고 싶다

향

서향 임장순

누군가를 그리워하면
보이는 것 모두가 향기가 된다
창을 열고 맞는 새벽
산허리 푸른 안개
밤새 더 붉어진 단풍잎
던져두고 간 조간신문도
향기로 다가온다
빛바랜 그루터기
오랜 설움까지도
누군가를 그리워하면
어느새 너도
이슬 머금은 나처럼 향기가 된다

향

– 시 임장순

누군가를 그리워하면
보이는 것 모두가 향기가 된다
창을 열고 맞는 새벽
산허리 푸른 안개
밤새 더 붉어진 단풍잎
던져두고 간 조간신문도
향기로 다가온다
빛바랜 그루터기
오랜 설움까지도
누군가를 그리워하면
어느새 너도
이슬 머금은 나처럼 향기가 된다

대숲에서

임재화

대숲에 바람이 찾아와
변함없는 절개를 시험하고
솔숲에는 청정한 마음이
자리 잡고 있습니다.

하얀 돌 틈 사이로
졸졸 흐르는 시냇물을 바라보며
이마에 흐르는 땀을 식히고 있노라면

어느덧 버거운 삶에 지친 영혼을 추스르고
또다시 힘차게 도전할 수 있는
용기가 샘솟습니다.

언제나 푸른 대숲에는
늘 여유로운 정과 마음이 있고
살랑살랑 부는 바람에
댓가지가 조용히 흔들립니다.

조막만 한 참새들의 보금자리는
언제나 대숲을 정겹게 만들고
늘 푸른 색깔은 이웃한 솔숲과 화합하여
버거운 삶에 지친 마음에도
빙그레 웃음 찾아들게 한답니다.

대숲에서

- 시 임재화

대숲에 바람이 찾아와
변함없는 절개를 시험하고
솔숲에는 청정한 마음이
자리 잡고 있습니다.

하얀 돌 틈 사이로
졸졸 흐르는 시냇물을 바라보며
이마에 흐르는 땀을 식히고 있노라면

어느덧 버거운 삶에 지친 영혼을 추스르고
또다시 힘차게 도전할 수 있는
용기가 샘솟습니다.

언제나 푸른 대숲에는
늘 여유로운 정과 마음이 있고
살랑살랑 부는 바람에
댓가지가 조용히 흔들립니다.

조막만 한 참새들의 보금자리는
언제나 대숲을 정겹게 만들고
늘 푸른 색깔은 이웃한 솔숲과 화합하여
버거운 삶에 지친 마음에도
빙그레 웃음 찾아들게 한답니다

춘란

임재화

춘란에
꽃대하나 자라더니
방금 난꽃을
한송이 피어올렸어요
아직은 그리
화사하지 못하여도
갓피어나
수줍은 모습으로
청초함
더욱 머금었네요
이제 조금더 있으면
그윽한 난향을
오롯이
그대에게만
드릴수 있을거예요

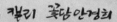
칼리 꽃담 안경희

춘란

- 시 임재화, 손글씨 꽃담 안경희

춘란에 꽃대 하나
자라나더니
방금 난 꽃을 한 송이
피워올렸어요.

아직은 그리
화사하지 못하여도
갓 피어나 수줍은 모습으로
청초함, 더욱 머금었네요.

이제 조금 더 있으면
그윽한 난향을
오롯이 그대에게만
드릴 수 있을 거예요

그리움 하나

덕해 임하영

가슴에
하얀 웃음으로
스며들 듯 찾아와
수줍게 내려 앉은
그리움 하나

언제나
따뜻한 사랑으로
포근하게 감싸 안고
웃음으로 반겨주던
당신의 모습

이제는
아련한 가슴속에
추억으로 묻혀버린
사랑으로 기억되어
남아있는 당신

그리움 하나

− 시 덕해 임하영

가슴에
하얀 웃음으로
스며들 듯 찾아와
수줍게 내려앉은
그리움 하나

언제나
따뜻한 사랑으로
포근하게 감싸 안고
웃음으로 반겨주던
당신의 모습

이제는
아련한 가슴속에
추억으로 묻혀버린
사랑으로 기억되어
남아있는 당신

아픔을 말린다

서현 임효숙

사는 동안
여기저기 아픈 날
우리 몸을 빨래한다

흐르는 세월 속에
아픔과 고통 쓸어 담아
깨끗이 빨아서 털고

햇살 비친 날
너덜너덜 지친 몸
너울너울 널었다가
바싹 마른 아픔이
뻣뻣해질 즈음

다정한 손길
조곤조곤 만져주고
같은 아픔 끼리끼리
차곡차곡 서랍 속에
개켜 넣고
토닥토닥 잠재운다

어느새
몸은
기지개 켜고
환한 얼굴로 외출한다.

아픔을 말린다

- 시 서현 임효숙

사는 동안
여기저기 아픈 날
우리 몸을 빨래한다

흐르는 세월 속에
아픔과 고통 쓸어 담아
깨끗이 빨아서 털고

햇살 비친 날
너덜너덜 지친 몸
너울너울 널었다가
바싹 마른 아픔이
뻣뻣해질 즈음

다정한 손길
조곤조곤 만져주고
같은 아픔 끼리끼리
차곡차곡 서랍 속에
개켜 넣고
토닥토닥 잠재운다

어느새
몸은
기지개 켜고
환한 얼굴로 외출한다

하모니카

서현 임효숙

내 마음
철 따라 노래 하듯
하모니카 선율이
가슴 밑에서 밀고 올라오면
내 마음 울컥
목울대 울어 댄다.

오선지 위
샘 물결 넘쳐 나고
입술 달짝 달짝
입맞춤 하니
튕겨 나가는 음 이탈도
행복이다

목울대 울어댄 소리는
내 마음 싣고
파릇한 냇가 지나
구름이 가는 곳

날 데리고
머나먼 여행길 나선다

하모니카

- 시 서현 임효숙

내 마음
철 따라 노래하듯
하모니카 선율이
가슴 밑에서 밀고 올라오면
내 마음 울컥
목울대 울어 댄다

오선지 위
샘 물결 넘쳐나고
입술 달짝달짝
입맞춤하니
튕겨 나가는 음 이탈도
행복이다

목울대 울어댄 소리는
내 마음 싣고
파릇한 냇가 지나
구름이 가는 곳

날 데리고
머나먼 여행길 나선다

불탄소여

서현 임효숙

굽이쳐 몸부림쳐
세상을 바꿀 듯이
짙푸른 웅덩이에
온몸을 가두고서
깊숙한
무심은 결코
승복할 수 없으리

비 내리는 불탄소에
협곡의 비경이 울고
흘린 눈물 소리 없이
내 가슴 적십니다
한 잔 술
추억 곱씹고
서러운 창 덜커덩

그 이름 불탄소여!
빼어난 너의 모습
먼 훗날 찾아와도
변함이 없을쏘냐
세월을
등에 지고서
휘적휘적 걷는다

불탄소여

-시조 서현 임효숙

굽이쳐 몸부림쳐
세상을 바꿀 듯이
짙푸른 웅덩이에
온몸을 가두고서
깊숙한
무심은 결코
승복할 수 없으리

비 내리는 불탄소에
협곡의 비경이 울고
흘린 눈물 소리 없이
내 가슴 적십니다
한 잔 술
추억 곱씹고
서러운 창 덜커덩

그 이름 불탄소여!
빼어난 너의 모습
먼 훗날 찾아와도
변함이 없을쏘냐
세월을
등에 지고서
휘적휘적 걷는다

애기
올괴불나무 꽃

장영탁

봄바람 그리워서
살포시 눈을 뜨고
수줍은 옷자락을
바람에 맡겨두니
춤추는 발레리나를 따라가고 싶어요
새하얀 다리선에
꽃신을 차려신고
사뿐히 솟아오른
연분홍 발걸음은
새봄을 알리는 미소 향기 품은 전령사

이천이삼 상변 봄에 소녀같은 현숙희가

울괴불나무꽃

- 시조 장영탁, 손글씨 소녀붓샘 윤현숙

봄바람 그리워서
살포시 눈을 뜨고
수줍은 옷자락을
바람에 맡겨두니
춤추는 발레리나를
따라가고 싶어요

새하얀 다리 선에
꽃신을 차려 신고
사뿐히 솟아오른
연분홍 발걸음은
새봄을 알리는 미소
향기 품은 전령사

바람이
겨울바람이

海仁 정옥령

바람이 속삭인다
샛노랗게
두 팔을 벌리고
반가운 미소를 흔든다
하늘위로 땅 아래로

바람이 찰랑인다
새빨갛게
두 귀 쭈뼛세우고
뜀박질 요란스럽다
쫑알쫑알 옹알이하며

바람이 새큰거린다
새파랗게
두 미간 찡그린 채
몽실구름 사이로
살풋한 햇살 칭칭거리며

바람이 겨울바람이

-시 海仁 정옥령

바람이 속삭인다
샛노랗게
두 팔을 벌리고
반가운 미소를 흔든다
하늘 위로 땅 아래로

바람이 찰랑인다
새빨갛게
두 귀 쭈뼛 세우고
뜀박질 요란스럽다
쫑알쫑알 옹알이하며

바람이 새큰거린다
새파랗게
두 미간 찡그린 채
몽실구름 사이로
살폿한 햇살 칭칭거리며

귀향

조복록

달빛은 옛 마당에
이슬비로 내려앉고
사랑을 품어 안은
생기든 나무 잎새
내 꿈의 요람이었던
우물가의 앵두나무

회상의 두레박에
어린 양 길어 올려
흩어진 발자국은
안개 속 숨었어라
뒷산을 흔들어 깨운
죽비소리 정겹다

해 저문 거리에서
이정표 다시 찾아
거기에 있다는 꿈
갈 길은 아직 멀다
몇 겹의 고개 넘어야
고향집에 이를까

귀향

  - 시 조복록

달빛은 옛 마당에
이슬비로 내려앉고
사랑을 품어 안은
생기든 나뭇잎새
내 꿈의 요람이었던
우물가의 앵두나무

회상의 두레박에
어린 양 길어 올려
흩어진 발자국은
안개 속 숨었어라
뒷산을 흔들어 깨운
죽비소리 정겹다

해 저문 거리에서
이정표 다시 찾아
거기에 있다는 꿈
갈 길은 아직 멀다
몇 겹의 고개 넘어야
고향 집에 이를까

행복의 비밀번호

조순자

사랑하는
딸과 아들이 고맙다

깜빡거리는
황혼의 기억력 감안하여
부모의 출생 연도 숫자로
효심의 비밀번호 정해 놓고

목단꽃처럼 커다랗게 웃으며
이제는 비밀번호 잊을 일 전혀 없다 하니
우리 마음 하늘 날며 노래하는 새와 같이 기쁘다

복권에 당첨됐다 한들
이보다 더 기쁘고 행복하겠는가
천하를 다 가진 듯 든든하다

자식 자랑 팔불출이라지만
팔자 자랑 가슴에 뗏장 얹고 하라고 하지만
그땐 말할 수 없어
나의 시편 첫 페이지에 고이 적어 놓는다

특별한 비밀번호
참 든든하고 참 행복하다고

행복의 비밀번호
- 시 조순자

사랑하는
딸과 아들이 고맙다

깜빡거리는
황혼의 기억력 감안하여
부모의 출생 연도 숫자로
효심의 비밀번호 정해 놓고

목단꽃처럼 커다랗게 웃으며
이제는 비밀번호 잊을 일 전혀 없다 하니
우리 마음 하늘 날며 노래하는 새와 같이 기쁘다

복권에 당첨됐다 한들
이보다 더 기쁘고 행복하겠는가
천하를 다 가진 듯 든든하다

자식 자랑 팔불출이라지만
팔자 자랑 가슴에 뗏장 얹고 하라고 하지만
그땐 말할 수 없어
나의 시편 첫 페이지에 고이 적어 놓는다

특별한 비밀번호
참 든든하고 참 행복하다고

봄

조순자

새싹 돋는 봄
가만히 자신을
돌아보는 봄

새싹이었다가
꽃대였다가
꽃이었다가
열매였다가
대지를 열어주는 봄

삶을 생각하는 봄
그 속에 있는 나를
찾아보는 봄

봄

- 시 조순자

새싹 돋는 봄
가만히 자신을
돌아보는 봄

새싹이었다가
꽃대였다가
꽃이었다가
열매였다가
대지를 열어주는 봄

삶을 생각하는 봄
그 속에 있는 나를
찾아보는 봄

헐레벌떡
거품 물고

조인형

계곡물 법수치리
하늘만 보이는 곳
골짜기 거품 물고
물줄기 헐레벌떡
내달려
큰소리치며
도망가는 계곡물

물줄기 잡으려고
큰소리 헐레벌떡
계곡물 따라 가는
물결은 숨이 차네
어쩌랴
잡히지 않고
도망가는 저 세월

헐레벌떡 거품 물고

- 시조 조인형

계곡물 법수치리
하늘만 보이는 곳
골짜기 거품 물고
물줄기 헐레벌떡
내달려
큰소리치며
도망가는 계곡물

물줄기 잡으려고
큰소리 헐레벌떡
계곡물 따라가는
물결은 숨이 차네
어쩌랴
잡히지 않고
도망가는 저 세월

항 아 리

시 조인형
손글씨 도담 이양희

간장이 썩었다고
항아리를
깰수 있나

내 마음은
비어있는 항아리 처럼

잠자고 있는
그리움, 사랑, 미련, 욕심, 마음
모두 비워버렸네

항아리

- 시 조인형, 손글씨 이양희

간장이 썩었다고
항아리를
깰 수 있니

내 마음은
비어있는 항아리처럼

잠자고 있는
그리움, 사랑, 미련, 욕심, 미움
모두 비워 버렸네

당신

시 조민형
손글씨 이양희

꽃보다
아름다운 것은
사랑

사랑보다
아름다운 이는
당신

당신이
그냥 좋아요

당신

– 시 조인형, 손글씨 도담 이양희

꽃보다
아름다운 것은
사랑

사랑보다
아름다운 이는
당신

당신이
그냥 좋아요

시인의 소리

시 조 인형
손씨 이양희

시인이잖아

웃어봐
웃겨봐

미워하지 마
사랑 밖에 몰라

시인의 소리
- 시 조인형, 손글씨 도담 이양희

시인이잖아

웃어봐
웃겨봐

미워하지 마
사랑밖에 몰라

동행

시 조인형
초글씨 이양희

함께라서
외롭지 않아요

혼자라면
슬프겠지요

혼자가면
울면서 갈거야

그림자가
둘이라서 좋아요

_Yanghee

동행
- 시 조인형, 손글씨 이양희

함께라서
외롭지 않아요

혼자라면
슬프겠지요

혼자 가면
울면서 갈 거야

그림자가
둘이라서 좋아요

사랑

시 조인형
손글씨 이양희

때리는
이

마음 아플까
걱정해 주라

그리하면
변화가 찾아올 것이다

사랑

- 시 조인형, 손글씨 이양희

때리는
이

마음 아플까
걱정해 주라

그리하면
변화가 찾아올 것이다

마중

蘭谷 조칠성

임은
언제 오시려나
아무리 기다려도
오시는 발걸음 없어
마중 나갑니다

돈암동
비슷하게 생긴
한옥 골목으로 들어가
빗장 지른 대문 앞에서
이리 기웃 저리 기웃

그대를 찾아보지만
오랜 세월 변해진 거리
모두 떠나고 새 사람들

헤어지며
입 맞추던 가로등 불

아직도 생생한데
그대를 못 보고
무거운 발걸음 돌려오니

내 곁에 함께 누워있네

마중

- 시 蘭谷 조칠성

임은
언제 오시려나
아무리 기다려도
오시는 발걸음 없어
마중 나갑니다

돈암동
비슷하게 생긴
한옥 골목으로 들어가
빗장 지른 대문 앞에서
이리 기웃 저리 기웃

그대를 찾아보지만
오랜 세월 변한 거리
모두 떠나고 새 사람들

헤어지며
입 맞추던 가로등 불

아직도 생생한데
그대를 못 보고
무거운 발걸음 돌려오니

내 곁에 함께 누워있네

기다림

蘭谷 조칠성

거부하기 어려운 분께
내가 태어나길 기다려 낳으시고

더 아프지 말라고
진찰권이 닳도록 병원에 업고 가고

공부 잘 하라고
과외선생에게 보내놓고 기다리고

대학교만 졸업하면 장가들인다고

평생 선 한번 못보고
무작정 기다렸다가 한 결혼

내 아들 낳게 해 달라고 기다리니

어머니는 손주를 보시고
기다리지 않으시고 떠나셨지

나는 손주가 오기를 기다리고
그녀가 오기를 기다리고

어느날
성당 지하에 들어갈 날을 기다린다

기다림

- 시 蘭谷 조칠성

거부하기 어려운 분께
내가 태어나길 기다려 낳으시고

더 아프지 말라고
진찰권이 닳도록 병원에 업고 가고

공부 잘하라고
과외선생에게 보내놓고 기다리고

대학교만 졸업하면 장가들인다고

평생 선 한번 못 보고
무작정 기다렸다가 한 결혼

내 아들 낳게 해 달라고 기다리니

어머니는 손주를 보시고
기다리지 않으시고 떠나셨지

나는 손주가 오기를 기다리고
그녀가 오기를 기다리고

어느 날
성당 지하에 들어갈 날을 기다린다

RCY 꿈과 희망을 심다-
- 청소년 적십자 창립 70주년에 부쳐

시조 글벗 최봉희
손글씨 도담 이양희

태어나 처음 만난
꿈나무 희망나무
한그루 심은 희망나무
꿈자라 희망 되고
어느덧 적십자 나무
평화의 숲 이루네

꿈 심어 꽃이 피네
온누리 평화로다-
서로가 나눔으로
온누리 함께 살자-
아프며 크는 나무들
서로 함께 보듬자-

함께한 70주년
온겨레 사랑으로
세상에 심은 씨앗
꽃피고 열매 맺네
힘차게 노래 부르며
함께 가지- RCY

2021년 5월

RCY 꿈과 희망을 심다
- 청소년 적십자 창립 70주년에 부쳐

시조 글벗 최봉희, 손글씨 도담 이양희

태어나 처음 만난
꿈나무 희망 나무
한그루 심은 사랑
꿈 자라 희망 되고
어느덧 적십자 나무
평화의 숲 이루네

꿈 심어 꽃이 피니
온 누리 평화로다
서로가 나눔으로
온 누리 함께 살자
아프며 크는 나무들
서로 함께 보듬자

함께 한 70주년
온 겨레 사랑으로
세상에 심은 씨앗
꽃 피고 열매 맺네
힘차게 노래 부르며
함께 가자 RCY

함께한 70년, 함께 가자 RCY
- 청소년 적십자 70주년에 부쳐

시조 운영 허불희
손글씨 도담 이양희

푸른 꿈 하늘 높이
샘솟는 우리 사랑
한 마음 뜻을 모아
희망을 전하는 나눔
청소년 적십자 사랑
평화의 꽃 피었네

사랑과 봉사로써
희망의 나무 심고
세상에 꿈을 심는
평화의 숲 만드세
늘부신 청소년의 꿈
행복의 숲 만들자

전쟁의 아픈 상처
이겨낸 나무심기
희망의 아름으로
함께한 70주년
활짝 핀 적십자 사랑
함께하자 RCY

2023년 5월

함께 한 70년, 함께 가자 RCY
- 청소년 적십자 창립 70주년에 부쳐

시조 글벗 최봉희, 손글씨 도담 이양희

푸른 꿈 하늘 높이
샘솟는 우리 사랑
한 마음 뜻을 모아
희망을 전한 나눔
청소년 적십자 사랑
평화의 꽃 피었네

사랑과 봉사로써
희망의 나무 심고
세상에 꿈을 심는
평화의 숲 만드세
눈부신 청소년의 꿈
나눔의 날 만들자

전쟁의 아픈 상처
이겨낸 나무 심기
희망의 이름으로
함께 한 70주년
활짝 핀 적십자 사랑
함께 하자 RCY

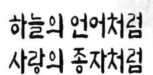

하늘의 언어처럼
사랑의 종자처럼

-종자와 시인 박물관에서
-글벗 최봉희

말이 곧 씨가 되는
올곧은 명언처럼
좋은 말 씨앗으로
시비에 새긴 언어
불효자 가슴이 울컥
어버이가 그립다

당신이 가르친 뜻
하늘의 언어처럼
오늘을 빚은 열정
빈 그릇 가득 담아
세상과 나누려 하네
사랑 품은 종자여

하늘의 언어처럼 사랑의 종자처럼
- 종자와시인 박물관에서

시조 글벗 최봉희

말이 곧 씨가 되는
올곧은 명언처럼
좋은 말 씨앗으로
시비에 새긴 언어
불효자 가슴이 울컥
어버이가 그립다

당신이 가르친 뜻
하늘의 언어처럼
오늘을 빚은 열정
빈 그릇 가득 담아
세상과 나누려 하네
사랑 품은 종자여

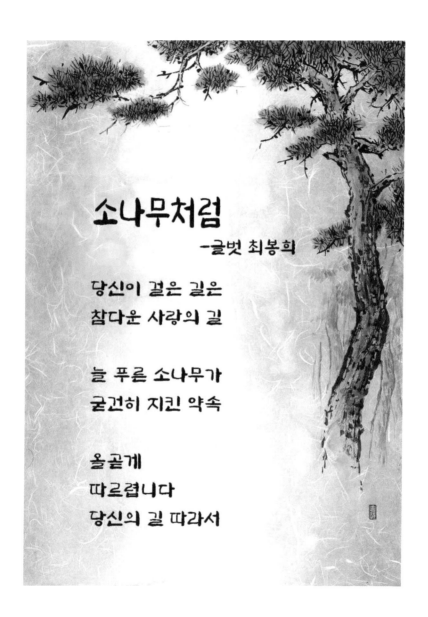

소나무처럼

-글벗 최봉희

당신이 걸은 길은
참다운 사랑의 길

늘 푸른 소나무가
굳건히 지킨 약속

올곧게
따르렵니다
당신의 길 따라서

소나무처럼
- 시조 글벗 최봉희, 손글씨 도담 이양희

당신이 걸은 길은
참다운 사랑의 길

늘 푸른 소나무가
굳건히 지킨 약속

올곧게
따르렵니다
당신의 길 따라서

사랑꽃

글벗 최봉희

말글로
그린 그림
연찻집에 피어난 꽃
아픔을
용서하리-
눈물로 쓰는 편지
날마다
가슴에 피는
아름다운 그 사랑

Yanghee

사랑꽃(39)

- 시조 글벗 최봉희, 손글씨 도담 이양희

말글로
그린 그림
연천에 피어난 꽃

아픔을
용서하라
눈물로 쓰는 편지

날마다
가슴에 피는
아름다운 그 사랑

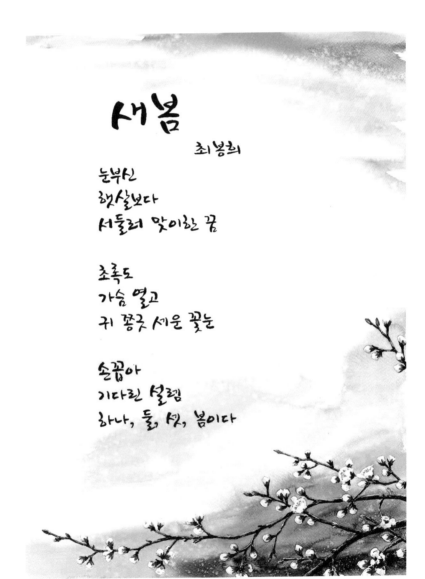

새 봄

최봉희

눈부신
햇살보다
서둘러 맞이한 꿈

초록도
가슴 열고
귀 쫑긋 세운 꽃눈

손꼽아
기다린 설렘
하나, 둘, 셋, 봄이다

새봄

– 글벗 최봉희

눈부신 햇살보다
서둘러 맞이한 꿈

초록도 가슴 열고
귀 쫑긋 세운 꽃눈

손꼽아
기다린 설렘
하나, 둘 셋, 봄이다

동강의 기억

동강은 알리라
슬픔 고통 서러움의 역사
내 마음 낙화되어 흐르고
조용히 스미는 그대 마음

떠나간 아들 소식 없고
슬픈 메아리 울리는
너의 이름
넋이여
천 번이고 만 번이고
네 마음속 물어 보았건만
뜨거운 가슴 속
눈물로 말하네
새도 울고 눈물방울 맺혀 있더이다

회포의 바람에 쌓인
잊혀진 그날의 기억들
마음은 영혼 되어
그 품속 그리며 다시 안긴다

강 건너 삿갓 쓴 나그네
어디 가느냐 물으니
청령포 향해 손 가리키며 지나고
강물은 유유히 흐르며 말이 없다

동강의 기억
- 시 최성용

동강은 알리라
슬픔 고통 서러움의 역사
내 마음 낙화되어 흐르고
조용히 스미는 그대 마음

떠나간 아들 소식 없고
슬픈 메아리 울리는
너의 이름
넋이여
천 번이고 만 번이고
네 마음속 물어보았건만
뜨거운 가슴 속
눈물로 말하네
새도 울고 눈물방울 맺혀 있더이다

회포의 바람에 쌓인
잊혀진 그날의 기억들
마음은 영혼 되어
그 품속 그리며 다시 안긴다

강 건너 삿갓 쓴 나그네
어디 가느냐 물으니
청령포 향해 손 가리키며 지나고
강물은 유유히 흐르며 말이 없다

이별 후에

최성자

꽃 이미 피웠음에
지는 것 두렵지 않으나

향기만은 남기고파
바람에 실어 놓네

구멍 난
삼베옷 입은
낙엽처럼 뒹구는 밤

이별 후에

- 시조 최성자

꽃 이미 피웠음에
지는 것 두렵지 않으나

향기만은 남기고파
바람에 실어 놓네

구멍 난
삼베옷 입은
낙엽처럼 뒹구는 밤

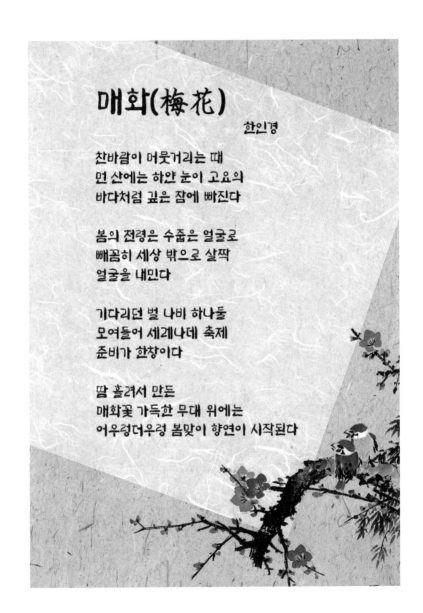

매화(梅花)

한인경

찬바람이 머뭇거리는 때
먼 산에는 하얀 눈이 고요의
바다처럼 깊은 잠에 빠진다

봄의 전령은 수줍은 얼굴로
빼꼼히 세상 밖으로 살짝
얼굴을 내민다

기다리던 벌 나비 하나둘
모여들어 세계나데 축제
준비가 한창이다

땀 흘려서 만든
매화꽃 가득한 무대 위에는
어우렁더우렁 봄맞이 향연이 시작된다

매화(梅花)

− 시 한인경

찬바람이 머뭇거리는 때
먼 산에는 하얀 눈이 고요의
바다처럼 깊은 잠에 빠진다

봄의 전령은 수줍은 얼굴로
빼꼼히 세상 밖으로 살짝
얼굴을 내민다

기다리던 벌 나비 하나둘
모여들어 세레나데 축제
준비가 한창이다

땀 흘려서 만든
매화꽃 가득한 무대 위에는
어우렁더우렁 봄맞이 향연이 시작된다

이제 알 것 같다

황규출

지난 세월은
그리움의
아쉬움뿐이었지

하늘을 볼 나이에
달과 해가 보였지

걷고 걷던 돌판엔
꽃과 새들이 노래했지

내 마음
둘 곳으로 걸었지

맘 둘 곳이
행복이란 걸

이제야
알았지

이제 알 것 같다
- 시 황규출

지난 세월은
그리움의
아쉬움뿐이었지

하늘을 볼 나이에
달과 해가 보였지

걷고 걷던 들판엔
꽃과 새들이 노래했지

내 마음
둘 곳으로 걸었지

맘 둘 곳이
행복이란 걸

이제야
알았지

고향

연우 황희종

사람마다
태어난 고향이 있고
머무는 고향에 있고
영원한 고향에 산다

세월 따라
산을 건너고 물을 건너
천릿길 만 리길을 가도
지울 수 없는 나의고향

타국에 가면
너와 나 모두가
애국자가 되고
내 조국을 사랑한다

연어는 고향 찾아
머나 먼 길 멀다하지 않고
본 향을 찾아
마지막을 멋있게 마무리 하는데

나는 분명
영의 사람인데
전능하신 하나님께
무엇으로 보답하며 살까

고향

– 시 황희종

사람마다
태어난 고향이 있고
머무는 고향에 있고
영원한 고향에 산다

세월 따라
산을 건너고 물을 건너
천릿길 만릿길을 가도
지울 수 없는 나의 고향

타국에 가면
너와 나 모두가
애국자가 되고
내 조국을 사랑한다

연어는 고향 찾아
머나먼 길 멀다 하지 않고
본 향을 찾아
마지막을 멋있게 마무리하는데

나는 분명
영의 사람인데
전능하신 하나님께
무엇으로 보답하며 살까

천지에 봄 소리

황희종

회갑의 소식일까
육십 년 만에 산더미 같이 쌓였던
영호남 지역에도
풍년이 온다는 소식일까
동면에서 깨어나듯
어둔 방에서 기지개 켜며
언 땅에서도 솟아오른다

외양간에 갇혀 있던
송아지 망아지들도
봄 소리에 놀라
산과 들로 이리저리
귀엽게도 뛰어 논다

봄 소리는 서울 도시에도
시골 산야에서도
뉘에게 뒤질세라 합창을 하듯
야호를 지른다

아름다운 봄 소리는
이념에 얼어붙은
저 북한의 하늘 아래에도
한민족의 기쁨과 소망
사랑과 평화의 소리로
울려 퍼져라

천지에 봄 소리

- 시 황희종

회갑의 소식일까
육십 년 만에 산더미 같이 쌓였던
영호남 지역에도
풍년이 온다는 소식일까
동면에서 깨어나듯
어두운 방에서 기지개 켜며
언 땅에서도 솟아오른다

외양간에 갇혀 있던
송아지 망아지들도
봄 소리에 놀라
산과 들로 이리저리
귀엽게도 뛰어논다

봄 소리는 서울 도시에도
시골 산야에서도
뉘에게 뒤질세라 합창을 하듯
야호를 지른다

아름다운 봄 소리는
이념에 얼어붙은
저 북한의 하늘 아래에도
한민족의 기쁨과 소망
사랑과 평화의 소리로
울려 퍼져라

□ 제10회 글벗시화전 출품 작가 명단

I. 손글씨, 캘리그라피 참여 작가 명단

● 김영섭 작가

* 글벗문학회 캘리분과 회원
* 한국서예협회 인천서예대전 캘리그라피부문 입선/특선
* 대한민국단군서예대전 캘리그라피 부문 입선/특선
* 대한민국 한글서예대전 캘리그라피부문 우수상

● 윤현숙 작가

* 글벗문학회 캘리분과 회원
* 캘리그라피 &pop 강사
* 문화센터 출강
* 시언 시조 동아리 회장
* 캘리작품집 『오늘도 당근이지』

● 이양희 작가

* 글벗문학회 캘리분과 회원
* 계간 글벗 수필 신인문학상 등단
* 제1회 한탄강전국백일장대회 수필부문 우수상
* 꼼지락캘리, 엽서 캘리,
* Yanghee's 캘리로 활동 중
* 캘리그라피 2급 자격증

● 채은지 작가

* 이명주 시집 『내 가슴에 핀 꽃』 표지디자인
* 최봉희 시집 『사랑꽃2』 표지디자인
* 이명주 시집 『커피 한 잔 할까요?』 표지디자인

● 박도일 작가

*경북 경산 출생

* 영남대학교 국어국문학과 동대학원 한문학 전공
* 운문승가대학, 서라벌대학 외래교수, 한국예총 경산지회장 역임
* 한국캘리그라피손글씨협회 이사장
* 대한민국서예대전 국전 초대작가 심사위원
* 장산서예원 원장

● 박윤규 작가

* 시인, 손글씨 작가
* 한국손글씨협회 회장
* 한국작가회의 회원, 민예총 회원,
* 부산작가회의 회원
* 물고기 공방운영
* 계간 글벗 심사위원
* 시집 『꽃은 피다』 외 다수

● 안경희 작가

* 손글씨 작가
* 종이와 나무 공방 운영
* 전하다 꽃향기 담아서 개인전 등 20회 전시
* 윤보영 시인 일러스트 참여
* 데일리 경제시문 연재

2. 제9회 글벗문학회 시화전 출품 작가 명단

작가명	약력	작품명	수록면
1. 강성화	* 글벗문학회 회원 * 샘터문학 신인상 수상 시 등단 * 한국문학예술 수필 부문 등단 * 저서 제1시집 『그런 당신이 그리워 울었습니다』 　제2시집 『파도의 노래, 흰 꽃』	쉼	9
2. 고정숙	* 경희대학교 국어국문학과졸 * 계간문에 국제문단시 등단 * 국제문단 산문상 * 국제문인협회 부회장겸 재정국장 * 시집 『매일 피는 꽃』, 　『지나고 보니 삶이어라』	꽃망울	11
3. 계숙희	* 글벗문학회 정회원 * 계간 글벗 시부문 등단 * 시조문학 시조 등단 * 시집 『이름없는 들꽃은 없다』	양귀비 친구	13 15
4. 국미나	* 한국문인협회 회원 * 글벗문학회 부회장 * 천안문인협회 사무국장 * 충남예술인협회 작가 * 현 시울림동인회 회원, * 시집 『비와 나만의 속삭임』 『울적한 낭만』	곧 봄이 도착하겠습니다 동그라미 달빛	17 19
5. 권창순	* 아동문예문학상 수상 * 동시집 『내 몸에도 강이 흐른다』 외 2권 * 동화집 『강아지풀 강아지와 눈사람』 외 2권 * 시집 『먼저 눈물에 짝 하고 밑줄을 그어라』 외 2권 * 문집 『김유정소설문학여행기』 (3권)	종자처럼 시를 쓰며	21

작가명	약력	작품명	수록면
6.김나경	*글벗문학회(사)한국문인협회 정회원 *(사)한국문인협회포천지부 사무국장 * 한국 작가 21년 신인문학상 수상 * 한국 치매 예방 놀이연구소 대표 * (사)대한어머니회 정회원 * 제1회 한탄강전국백일장 최우수상 * 저서 『사춘기와 갱년기』	가을바람 붉은 꽃잎 동백 엄마가 된 딸 어머니가 된 나 차차 차	23 25 27 29
7. 김달수	*글벗문학회 회원 *양구문인협회 회원	꽃들의 눈물	31
8. 김상우	* 제주 거주 * 8코스 한라봉 운영	제주도의 봄	33
9. 김인수	*(사) 세미책 이사장 * 독서운동가, 글벗문학회 부회장 * 저서 『세상의 미래를 바꿀 책읽기』 『지금, 당신이 행복해야 할 이유』 『지금, 당신이 사랑해야 할 이유』 『삶이 묻고 문학이 답하다』	차이	35
10. 김정숙	*한국문인협회 회원 *지구문학 신인상 당선 *지구문학작가회의 회원 *지구문학작가회의 부회장	아가야	37

작가명	약력	작품명	수록면
11. 김정현	* 대구 거주 * 글벗문학회 회원 * 종합문예유성 글로벌문예대학교 문예창작과 졸업 * 종합문예유성글로벌문인협회 회원	꽃바람	39
12. 김지희	* 글벗문학회 회원 * 계간 글벗 시조 신인상 수상 등단 * 시집- 『슬픈 사랑 긴 그리움』 『그냥 보고싶습니다』	설렘 가을속으로	41 43
13. 김희추	* 2021서정문학 시부문 등단 * 한국문인협회 서정문학연구위원 * 서정문학 운영위원 * 한국문인협회 진도지부 회원 * 글벗문학회 회원 * 효경실버홈 대표	어머니의 상사화	45
14. 박아현	*시인, 작곡 시낭송가 *예랑 시낭송 원장 *서울미래예술협회 시낭송 전문강사 *서울포엠 페스티발 시낭송대회 금상 수상 등 입상 다수	매일 어머니를	47
15. 박하경	* 1961년 보성 출생, 호: 秀重 * 한국문인협회 회원. 한국 * 소설가협회 회원 / 세계모던포엠작가회 회원 / 광주문인협회 회원 * 한국문학예술인협회 부회장 * 시인(국제문학바탕), 수필가(월간모던포엠), 소설가(월간문학)	개망초	49

작가명	약력	작품명	수록면
16. 박하영	* 오산시 거주 * 글벗문학회 회원 * 계간 글벗 편집위원 *제2회 한탄강전국백일장 대회 장려상 수상	어머니 마음 깊은 울림 그리운 어머니	51 53 55
17. 서상천	*새부산시인협회 신인상 등단 *노계박인로 전국시낭송대회 우수상 *제4회 윤동주 선양회 전국시낭송대회 대상 수상 *시의전당문인협회 자문위원 *청옥문인협회, 불교문인협회 회원 *어울림 시낭송문인협회 대표	인생	57
18. 성명순	*한국문인협회 회원, 국제PEN한국본부 이사, 세종학교육원 전문위원 *《청암문학》 신인상 등단(동시) * 황금찬 문학상, 제9회 한국농촌문학상 수상, 수원예술인상, * 시집 『시간 여행』, 『나무의 소리』, 한.독시집 『하얀 비밀』 출간	능금의 꿈 시시하게 살자	59 61
19. 성의순	* 2012년 서울문학 수필 등단 * 글벗문학회 자문회원 * 성균관 부관장, 우계문화재단 이사 * 제8회 글벗백일장 우수상 수상 * 저서 시집『열두 띠 동물 이야기』 『고결한 선비 우계 성혼』 공저『다시 돌아온 텃새의 이야기』	있을 때 잘해 후회하지 말고 맏며느리 메리골드 건강한 몸과 맘	63 65 67 69
20. 송명복	* 성균관대 무역학과 박사과정 수료, * 전 주성대, 김천대, 영동대, 숙명여대등 강사 * 한양문인회 시 부문 등단, * 계간 문학 시선 수필 부문 등단 * 한국문학 다향문학상(2019) 수상 * 계간 문학시선, 청주문학협회 회원 * 시집『내 마음의 오아시스』	꽃송이와 찻잔	71

작가명	약력	작품명	수록면
21. 송미옥	* 제주 거주 * 계간 글벗 시부문 신인문학상 수상 * 글벗문학회 회원 * 북카페 책갈피 속 풍경 운영 * 시집 『자연을 담다』 『돌담』	안단테 봄이 좋아라	73 75
22. 송연화	* 한국문학동인회 시 등단 * 계간 글벗 시조 등단(2020) * 글벗문학회 자문위원 * 한국문학동인회 회원, 공감문학 작가 * 종자와시인박물관시비 「꽃물」 건립 * 시집 『돛단배 인생』 외 24권 발간	초록의 꿈 내 사랑은 파도 꿈의 언저리	77 79 81 83
23. 신광순	* 시인, 수필가 * 기호문학 발행인, 종자와시인박물관 관장 * 제8회 흙의문학상 수상 * 시집 『코스모스를 찾아서』 『모든 게 거기 그대로 있었다』, 『하늘을 위하여』, 『땅을 위하여』, 산문집 『불효자의 반성문』, 『생일 축하합니다』, 『사람은 죽어서 기저귀를 남긴 다』, 『잃어버린 용서를 찾아서』, 『백지고백 성사』 등	어머니 말씀 매사를 즐기면서 살면	85 87
24. 신순희	* 2016 민주문학등단. 시 부문 * 민주문학 계간지 공저 * 2018청옥문학 시조 부문 등단 * 청옥문학 계간지 공저 * 시집 『풍경이 있는 자리』 『그렇게 잠잠히 흘러가리라』	나팔꽃 쉴만한 물가	89 91
25. 신희목	*초동문학예술협회 시 부문 등단 *다향정원문학협회 신인상(시) 수상 *서울시 시민안전 창작시(2019) 당선 *코벤트가든문학 대상 수상 *다향정원문학, 신정문학 정회원 *시집 『그대 잘 있나요』 『바람길에 서』 『짱아』	봄인 척 봄에	93 95

작가명	약력	작품명	수록면
26. 윤소영	* 제주도 거주 * 종합문예 유성 시 부문 등단 * 글벗문학회 정회원 * 시집 『눈물로 쓰는 삶』, 『곶자왈 숲길』, 『글꽃으로 핀 사랑』『제주에 뜨는 달』	사랑차 함박웃음 제주에 뜨는 달 메리골드	97 99 101 103
27. 윤현숙	* 글벗문학회 캘리분과 회원 * 캘리그라피 &pop 강사 * 문화센터 출강 * 시언 시조 동아리 회장 * 캘리작품집 『오늘도 당근이지』	백수의 변	105
28. 윤홍근	*2004년 시부분 시인상 수상으로 등단 *2013년 1집 마리안느 출간 *2018년 2집 그대이었나요	나목 앞에서 2월의 홍매화 그대라는 이름	107 109 111
29. 이경숙	* 한국 지역사회 교육협의회 * 예절,다도,전문 지도자 * 한국 종이접기 협회 종이접기 사범 * 한국국학진흥원 이야기 할머니 (전) * 원주향교 창의인성교실 교관	절제	113
30. 이규복	* 1957년 5월1일 생 * 시인, 수필가, 작사가, 칼럼니스트 * 고려대학교 법학석사 졸업 * 지구문학 작가회의 회장 역임 *고려대학교 생활법률학회 회장 역임 *저서 『가슴으로 부르는 노래』 시집 발간 바다 그리고 영원한 해군 시집 공저	천사의 기도	115

작가명	약력	작품명	수록면
36. 이순옥	* 2004년 월간 모던포엠 시부문 등단 * 한국문인협회, 세계모던포엠작가회 회원, 숯 人文學, 경기광주문인협회, 백제문학, 착각의 시학, 글벗문학회 회원 * 월간모던포엠 경기지회장 * 제3회 잡지협회 수기공모 동상수상, 제 1회 매헌문학상 본상수상 * 제12회 모던포엠 문학상, 착각의시학 한국창 작문학상 대상 수상 * 저서 월영가, 하월가, 상월가	비가역성 민들레의 이름으로	149 151
37. 이양희	* 경기도 고양시 거주 * 계간 글벗 수필 부문 등단 * 글벗문학회 회원 * 제1회 한탄강전국백일장 수필 부문 우수상 수상 * 꼼지락캘리, 엽서 캘리, * Yanghee's 캘리로 활동 중	벗나무 아래서	153
38. 이연홍	* 강원도 양구 출생 * 글벗문학회 회원 * 시낭송가, 시낭송 지도자 * 시집 『모정』, 『달빛 속에 비친 당신』	새벽강 아버지의 자리	155 157
39. 이정선	* 전주 거주 * 문학의 숲 회장	미생물	159
40. 이지아	* 대구 거주 * 시인, 작사가, 가수 * 종합문예 유성 시, 동시 등단 * 글벗문학회 회원 *시집 『오봉산 아가씨』, 『첫 느낌』	꽃사슴	161

작가명	약력	작품명	수록면
41. 임석순	*대한문인협회 대전충청지회 정회원 *〈수상〉코벤트가든문학상 대상 김해일보 영상시 신춘문예 전체 대상 대한문협 한국문학 올해의 작품상 대한문협 한국문학 올해의 시인상 * 〈시집〉 "계수나무에 핀 련꽃"	그대는 바람이었나	163
42. 임장순	* 한국문예작가회 부회장 * 서울미래예술협회 부회장 * 신문예 • 야태 운영이사 * 청암작가회 과천 안양지부장 * 글벗문학회 회원 * 시가 흐르는 서울 신인상 수상	향	165
43. 임재화	* (사)대한문인협회, 글벗문학회정회원, 대한문인협회 저작권옹호위원회위원장, 글벗문학회 수석부회장, 한국가곡작사 가협회 이사 * 한국문학공로상수상, 베스트셀러작가 상 2회 수상, 한국문학예술인 금상수상 * 저서 『대숲에서』 『들국화연가』 『그 대의 향기』	대숲에서 춘란	167 169
44. 임하영	* 충남 서천 출신 * (전) 우송정보대학교 교수 * (현) 한국시와소리마당 수석부회장, *글벗문학회 회원 * 대전문학 시부문 신인문학상 등단 * 시집 『내 안에 그리운 그대』	그리움 하나	171
45. 임효숙	* 현재 서울시 강서구 거주 * 글벗문학회 정회원 * 글벗문학회 시화전 출품 * 은가람시낭송회 정회원 * 시집 『글이 나의 벗 되다』	아픔을 말린다 하모니카 불탄소여	173 175 177

작가명	약력	작품명	수록면
46. 장영탁	* 글벗문학회 회원, * 종합문예 유성 회원 * 종합문예 유성 시, 시조, 평론 등단	올괴불나무꽃	179
47. 정옥령	* 대한문학세계 시 부문 등단 * (사) 창작문학예술인협의회 회원 * 시를 꿈꾸다 회원 * 글벗 문학회 회원 * 반야중기 대표	바람이 겨울바람이	181
48. 조복록	* 한국문인협회 회원 * 파주문인협회 회원 * 문화유산해설사	귀향	183
49. 조순자	글벗문학회 회원 서울문화예술대학교 졸업 대한문학 시 부문 등단 대한문학 시 낭송 자격증 2021년 시낭송 금상 수상	행복의 비밀번호 봄	185 187
50. 조인형	*글벗문학회 회원 *문예춘추 시 등단, 문예춘추 이사 *한국서화예술협회 서예 부특선 *사단법인 한국육필문예보존회 　제1회 프레데리크 문학상 수상 *시집 『73세의 여드름』, 『영혼의 소 　릿결』 『마음에 피는 꽃』	헐레벌떡 거품 물고 항아리 당신 시인의 소리 동행 / 사랑	189 191 193 195 197 199

작가명	약력	작품명	수록면
51. 조칠성	* 2009년 음악교사 정년퇴직 * 계간 글벗 시 부문 등단 * 글벗문학회 회원 * 시집 『난곡재의 행복』 『난곡재의 사계』	마중 기다림	201 203
52. 최봉희	* 시조문학 등단, 문예사조 수필 등단 * 한국문인협회, 국제펜클럽 회원 * 계간 글벗 편집주간, 글벗문학회 회장 * 제30회 샘터시조상 수상(월간 샘터) * 종자와시인박물관 한탄강문학상과 한탄 강전국백일장 운영위원 겸 사무국장 * 저서 시조집『사랑꽃1,2,3권』,『꽃 따라 풀잎 따라』,『산에 들에 피는 우리꽃 1~3 권』, 수필집『사랑은 동사다』,『봉주리 선생』평론집 『그리움을 찾아서』	RCY꿈과 희망을 심다 함께한 70년, 함께 가자 RCY 하늘의 언어처럼 소나무처럼 사랑꽃 새봄	205 207 209 211 213 215
53. 최성용	* 문학의 숲 고문	동강의 기적	217
54. 최성자	* 계간 글벗 시 부문, 한국아동문학 동 시부문 등단 * 글벗백일장 대상, 한탄강백일장 우수 상 * 한국교통대학교평생교육원교수, CAII 연구소장, 전)호서대학교, 강남대학교, 한국교통대학교 강사 * 시집 『아직도 못다 한 사랑』 외	이별 후에	219
55. 한인경	* 신구대 식품영양학과 교수 * 조리기능장 * 글벗문학회 회원	매화	221

작가명	약력	작품명	수록면
56. 황규출	* 경남대 국어국문학과 졸업 * ROTC 25기 임관 육군 소령 예편 * 현대시선 시부분 신인상 등단 * 글벗문학회 회원 * 현대시선 베스트 장원 수상 * 열린동해문학 작가문학상 수상	이제 알 것 같다	223
57. 황희종	* 2005년 문학세계 수필 등단 * 2005년 경찰문예대전 가작 * 전)한국작가회의고양지부 이사 * 전) 상황문학 문인회 이사 * 한국기독교문인협회 회원 * 글벗문학회 회원 * 성결대학교 신학대학원 졸업 * 킹데이비드 신학대학교 명예상담 학박사	고향 천지에 봄소리	225 227

■글벗시선209 제10회 글벗시화전 작품집

행복의 비밀번호

인 쇄 일 2024년 1월 26일
발 행 일 2024년 1월 26일
지 은 이 글벗문학회
펴 낸 이 한 주 희
펴 낸 곳 도서출판 글벗
출판등록 2007. 10. 29(제406-2007-100호)
주   소 경기도 파주시 와석순환로 16, 905동 1104호
       (야당동, 롯데캐슬파크타운)
홈페이지 http://cafe.daum.net/geulbutsarang
E - mail pajuhumanbook@hanmail.net
전화번호 031-957-1461
팩   스 031-957-7319
정   가 20,000원
ISBN 978-89-6533-275-6 04810

MEMO

MEMO